Autor _ Stendhal

Título _ Ernestine ou o nascimento do amor

CB026745

Copyright _ © Hedra 2011
Tradução _ © Joana Canêdo
Corpo editorial _ Adriano Scatolin, Alexandre B. de Souza, Bruno Costa, Caio Gagliardi, Fábio Mantegari, Felipe C. Pedro, Iuri Pereira, Jorge Sallum, Oliver Tolle, Ricardo Musse, Ricardo Valle

Dados _

Dados Internacionais de Catalogação na Publicação (CI

S85 Stendhal (1783–1842).

Ernestine ou o nascimento do amor. / Stendhal. Organização e tradução de Joana Canêdo. — São Paulo: Hedra, 2011. 136 p.

ISBN 978-85-7715-247-6

1. Literatura Francesa. 2. Romance. 3. Filosofia. 4. Psicologia. 5. Amor. I. Título. II. Beyle, Henri-Marie (1738–1842). III. Canêdo, Joana, Organizadora. IV. Canêdo, Joana, Tradutora.

CDU 840
CDD 843

Elaborado por Wanda Lucia Schmidt CRB-8-1922

Direitos reservados em língua portuguesa somente para o Brasil

EDITORA HEDRA LTDA.

Endereço _ R. Fradique Coutinho, 1139 (subsolo) 05416-011 São Paulo SP Brasil
Telefone/Fax _ +55 11 3097 8304
E-mail _ editora@hedra.com.br
Site _ www.hedra.com.br

Foi feito o depósito legal.

Autor _ STENDHAL

Título _ ERNESTINE OU O NASCIMENTO DO AMOR

Organização e tradução _ JOANA CANÊDO

São Paulo _ 2011

**Stendhal,** pseudônimo de Henri-Marie Beyle (Grenoble, 1783—Paris, 1842), nasceu numa família da alta burguesia de Grenoble, cidade onde viveu até os 16 anos. Aos sete, perde sua mãe e distancia-se cada vez mais do pai, advogado do parlamento provincial, a quem com o tempo passa a odiar, assim como à sua cidade natal. Seu sonho é escrever comédias e folhetins em Paris. Em 1799, parte para a capital francesa sob pretexto de prestar exames para a Escola Politécnica. No entanto, como Napoleão acaba de tomar o poder, prefere ingressar na carreira militar e parte para a Itália no exército napoleônico. Em 1806, consegue um posto na administração imperial francesa graças a seu primo Pierre Daru, passando períodos em Paris, e participando de missões na Alemanha, Rússia e Itália. Com a queda de Napoleão, Beyle muda-se para Milão em 1814, onde dá início a sua carreira literária. Publica *Vida de Haydn*, *História da pintura* e *Roma, Nápoles e Florença* em 1817, a primeira obra a assinar com o pseudônimo de Stendhal. Expulso de Milão pelo governo austríaco por suspeita de espionagem, volta a Paris em 1821 e publica no ano seguinte *Do amor*, inspirado em suas experiências sentimentais italianas. Entra então no meio literário, participando ativamente da querela dos românticos, publica diários de viagens, ensaios sobre música e literatura, dos quais se destaca *Vida de Rossini* (1823). Seu primeiro romance, *Armance*, data de 1827, e três anos mais tarde surge sua primeira obra de sucesso, um dos marcos do início da literatura realista na França: *O vermelho e o negro*. *A cartuxa de Parma*, de 1839, é o último de seus romances acabados. Além das *Crônicas italianas*, de novelas, ensaios sobre música e arte e obras autobiográficas, como *A vida de Henri Brulard* (publicado postumamente em 1890), Stendhal ainda deixa dois romances inacabados *Lucien Leuwen* e *Lamiel*.

**Ernestine ou o nascimento do amor** foi publicado pela primeira vez em 1853, como apêndice do tratado filosófico-biográfico *Do amor* (1822), na edição de Romain Colomb para Michel Lévy. Nessa curta novela, uma das primeiras experiências de narrativa ficcional de Stendhal, o autor aplica suas teorias sobre o amor e, em particular, como esse sentimento nasce e se desenvolve. O nascimento do amor é descrito em sete etapas, ilustrando o funcionamento da comunicação amorosa e a relação entre os sexos nos jogos amorosos. Uma história singela, centrada numa menina ingênua de 16 anos, mas que já prenuncia a complexidade psicológica de suas maiores personagens femininas. Para contextualizar *Ernestine*, esta edição apresenta ainda oito capítulos de *Do amor*, obra na qual Stendhal desenvolve sua teoria, e cartas que o autor escreveu a Matilde Dembowski, a inspiradora dessa obra sobre o amor.

**Joana Canêdo** é tradutora e editora de textos. Entre suas traduções literárias estão as obras *O paraíso das damas*, de Émile Zola, e *O último dia de um condenado*, de Victor Hugo (ambos pela Estação Liberdade). Também traduziu biografias (*Mandela: retrato autorizado*, pela Alles Trade, com Alexandre Moschella, e *Oscar Wilde* e *Rimbaud*, pela L&PM), moda (*Histórias da moda*, de Didier Grumbach, pela Cosac Naify, com Dorothée de Bruchard), gastronomia (*Whisky*, de Michael Jackson, pela Senac-SP), entre outros.

# SUMÁRIO

# INTRODUÇÃO



## STENDHAL E AS TRÊS FORMAS DE FALAR DE AMOR

George Eliot teria dito a propósito de *Ernestine*:

> à custa de apenas meia hora de leitura, temos a história de uma ingênua paixão infantil, apresentada com muito mais acabamento, quer dizer, com muito mais detalhes significativos do que a maioria de nossos autores consegue obter com a elaboração de três volumes.[1]

De fato *Ernestine ou o nascimento do amor*, provavelmente a primeira experiência ficcional de Stendhal, segundo muitos de seus críticos, é um conto curto, centrado em apenas uma personagem, numa trama sem grandes complexidades, mas que já exibe os principais traços de estilo do futuro autor de *O vermelho e o negro*.

Trata-se de cinco meses da vida de uma menina de dezesseis anos, que vive sozinha com um velho tio (e uma imensa criadagem) num castelo afastado de tudo e de todos. Um lugar onde nada acontece e "o único propósito das conversas [é] desaprovar tudo o que se faz e aborrecer-se com as coisas mais simples".

Certo dia ela avista um caçador e a partir daí começam os vaivéns dos jogos sentimentais: cartas, vis-

[1]Citado por Geoffrey Strickland em *Stendhal: the Education of a Novelist* (Cambridge, UK: Cambridge University Press, 1974, p. 129).

lumbres, decepções, encantamentos, traições, surpresas. Tudo quase sem que o caçador seja visto pela menina. O leitor, mais afortunado pela cumplicidade do narrador, tem a chance de conhecê-lo melhor nas páginas finais do relato.

Apesar de jovem, a heroína já tem uma grande profundidade psicológica. O trabalho narrativo stendhaliano — que ganhará toda a sua força em *A cartuxa de Parma*, com Fabrice no meio das batalhas napoleônicas — é de observar e descrever os acontecimentos e ações com parcimônia e uma objetividade controlada, sem os ornamentos típicos de seus contemporâneos.

Com efeito, as primeiras décadas do século XIX na França foram marcadas pela literatura das descrições grandiloquentes da natureza e do sentimentalismo do "eu", tendo Chateaubriand como o grande modelo para a futura geração romântica. É célebre a ambição de Victor Hugo, aos quatorze anos em 1816: "Serei Chateaubriand ou nada!" Em 1822 o mesmo Hugo estreia na literatura com os poemas ultramonárquicos de *Odes et poésies diverses*, apenas dois anos depois do enorme sucesso que fizeram as *Méditations poétiques et religieuses*, de Lamartine, considerada a primeira obra poética do Romantismo, na qual se expressa um sentimento profundo permeado de sinceridade e melancolia. Em termos de estilo, o oposto do que fazia Stendhal, que procurava uma forma literária que fosse além do classicismo (daí ter encampado a querela dos românticos, publicando em 1823 *Racine et Shakespeare*), mas com uma expressão menos efusiva, menos elegíaca, mais racional. Segundo Leila da Costa Aguiar, um dos aspectos frequentemente repreendidos a Stendhal diz respeito à modéstia da forma de sua escrita, isto é, a seu estilo seco que pretende, acima de tudo, afastar a ênfase e o pedantismo, todo e qualquer exagero.[2]

Ao contrário, ele valoriza sobretudo as personagens em seu contexto íntimo, (mas não sentimental), interpretando com ponderação seus atos, sentimentos e paixões, de modo a criar seres completos do ponto de vista emocional e social. E Leila completa:

> A arte stendhaliana soube, pois, representar e compreender o homem por meio dos movimentos do coração e não do corpo. Se seu herói com frequência se ergue com uma individualidade introspectiva, é porque pretende, na solidão, definir posições a assumir e preparar sua ação, a fim de enfrentar e conquistar o mundo, o amor, e, assim, defender-se do meio inimigo.[3]

Veremos que Ernestine se enquadra perfeitamente a essa descrição. Ela é socialmente muito educada, ciente de seu lugar, de seus deveres e das normas e comportamentos sociais. Ela sabe como agir adequadamente nas diversas situações sociais em que se encontra, e sabe interpretar os acontecimentos sociais do seu entorno — como o descomedimento de uma senhora viúva hospedando em seu castelo um "amigo" solteiro. Quanto ao emocional, no entanto, ela se mostra a princípio perfeitamente imatura, sem saber onde botar os pés. Porém, ao longo da narrativa ela vai ganhando experiência e

[2]Leila de Aguiar Costa. *A italianidade em Stendhal: heroísmo, virtude e paixão nas* Crônicas italianas *e em* A cartuxa de Parma. São Paulo: UNESP, 2003, p. 19

[3]*Ibid.*, p. 22.

confiança, e a cada página vemo-la crescer. Segundo Jérôme Vérain, "como mais tarde Julien ou Fabrice, é uma ingênua, cuja consciência virgem será instruída pela experiência e as sensações".[4]

Assim, Ernestine pode ser considerada uma verdadeira heroína stendhaliana precoce.

Isso se deve provavelmente ao fato de que Stendhal tinha um objetivo muito preciso ao escrever *Ernestine*, e que não era o de simplesmente contar uma história. Sua intenção era transpor para o mundo ficcional — na realidade, ele tenta passar a ilusão de que se trata de um caso real, recontado oralmente por uma senhora "deveras espirituosa e com certa experiência", como se vê no início do texto — sua concepção teórica do amor. Assim, o relato seria apenas a ilustração exemplar de uma teoria "científica", no qual se examina o amor em si, seu nascimento e desenvolvimento, decompondo o processo em sete etapas, numa abordagem empírica rigorosa, como se as paixões seguissem, a exemplo de outros fatos naturais, as leis da física universal. (Essa teoria foi exaustivamente desenvolvida em *Do amor*, do qual falaremos mais adiante.)

É claro que, se o autor se tivesse atido a isso, o conto não estaria aqui em nossas mãos. *Ernestine* vai evidentemente muito além, mostrando os primeiros passos do grande romancista no universo literário.

Todavia, antes de se tornar esse grande romancista, Stendhal foi um homem, e um homem movido pela pai-

[4]Jérôme Vérain. "Stendhal ou le miroir de l'amour". In: Stendhal. *Ernestine ou la naissance de l'amour*. Paris: Mille et Une Nuits, 1993, p. 54.

xão. "O amor sempre foi para mim a maior das questões; ou melhor, a única", afirma em sua narrativa autobiográfica, *A vida de Henri Brulard*. "Aos cinquenta anos assim como aos dezoito, a mulher foi uma preocupação essencial de Stendhal", completa o crítico Pierre Martino.[5] Mas sua vida amorosa não teve muitos sucessos: "Talvez nenhum homem da corte do imperador tenha tido menos mulheres que eu", confessa ainda no capítulo v de *A vida de Henri Brulard*. Teve, sim, várias decepções, e em particular a de nunca ter sido amado por Matilde Dembowski.

Alguém já deve ter dito que as grandes obras de literárias nascem de alguma igualmente grande decepção amorosa. Um simpático aforismo, que nos remete a Abelardo e Heloísa, *Marília de Dirceu*, *Os sofrimentos do jovem Werther*, e tantos outros casais e textos famosos. Minha intenção não é evidentemente enveredar-me numa longa discussão a esse respeito. Apenas mostrar o interessante processo de desenvolvimento da escrita pelo qual passou o (apaixonado) Stendhal entre 1818 e 1823, que acabou por gerar três tipos de texto, de três gêneros muito diferentes entre si, mas tratando do mesmo assunto: o amor.

Assim, o leitor encontrará nesta edição, além de *Ernestine ou o nascimento do amor*, as razões pelas quais o conto foi escrito: os primeiros oito capítulos de *Do Amor*, tratado de "ideologia", em que o autor faz uma "descrição detalhada e minuciosa de todos os sentimentos que compõem a paixão denominada *amor*", e final-

[5]Pierre Martino. *Stendhal*. Paris: Société Française d'Imprimerie et de Librairie, 1914.

mente as cartas de amor que Stendhal escreveu a sua adorada Métilde, inspiradora do tratado.

A história desses textos dá conta de uma vida repleta de emoções e aventuras amorosas, que culminaram em importantes realizações literárias. Vale a pena ser contada, pelo gosto da literatura, mas também pela curiosidade da alma humana e por seus aspectos pitorescos e cômicos para o leitor, ainda que por vezes "trágicos" para o protagonista.

***

Em junho de 1819 Stendhal escreve a Matilde Dembowski, a quem chama carinhosamente de Métilde:

> Tive apenas três paixões na vida: a ambição de 1800 a 1811, o amor por uma mulher que me enganou, de 1811 a 1818, e, de um ano para cá, esta paixão [pela senhora] que me domina e que não para de crescer.

Com efeito, de 1800 a 1811, após deixar Grenoble, a cidade natal que odiava, sob pretexto de estudar na Escola Politécnica em Paris, Henri Beyle (a essa altura ainda era conhecido por seu nome de batismo), viveu uma carreira intensa, guiada pela figura quase mitológica de Napoleão Bonaparte, recém-instaurado imperador. Ao invés de se matricular na Politécnica, no entanto, preferiu servir o imperador em suas campanhas militares. Por um ano, foi dragão de cavalaria na Itália; de 1803 a 1806 estudou "para se tornar um grande homem";[6] em seguida tornou-se adjunto aos comissários das guerras e intendente em Brunswick, na Alemanha; em 1809 cumpriu missões administrativas ao longo dos rios Danúbio,

[6] Stendhal. "Notice sur M. Beyle par lui-même". 1ª ed. 1893.

Linz e Passau; finalmente, em 1810 foi nomeado auditor do Conselho de Estado, passando temporadas em Paris, mas principalmente seguindo os passos do imperador por Iena, Viena, Moscou. Mas a queda de Napoleão muda a sua vida, pondo um fim em suas grandes ambições. Em 1814, decide emigrar para Milão, cidade que o encantara durante suas viagens e onde conhecera seu primeiro grande amor: Angela Pietragrua.

Stendhal viu Angela pela primeira vez em 1800 e durante dez anos sonhou em conquistar essa mulher "morena, sublime, voluptuosa". Finalmente, concretiza seu sonho em 1811, durante uma de suas temporadas em Milão. Mas suas relações só se estabeleceram de fato quando ele muda-se para a capital lombarda em 1814. Angela é casada, tem outros amantes e a relação entre eles é bastante tempestuosa. Ela é cheia de caprichos, eles brigam sem parar, Stendhal chega a compará-la a Lucrécia Bórgia. Apesar de ser dele a decisão de romper o relacionamento em 1816, ele pensa em suicídio. Mas só chegará a esquecê-la quando é apresentado à sra. Matilde Dembowski, em março de 1818.

Matilde, cujo nome de solteira era Viscontini, era a esposa separada do general polonês Jan Dembowski, que servia nas tropas do reino da Itália desde 1806. Stendhal a conheceu em sua própria casa, provavelmente ali conduzido por um amigo comum, Giuseppe Vismara, um advogado liberal, pertencente, como ela, ao movimento Carbonário.[7] A história de seus encon-

[7] A Carbonaria, um movimento revolucionário clandestino que surgiu na França, Portugal e Espanha nos séculos XIX e XX, atuou na Itália como resistência ao domínio austríaco e pela unificação dos reinos italianos.

tros e desencontros é bastante bem documentada nos diários, registros autobiográficos e cartas de Stendhal.

Em 10 de junho de 1819 ele anota em seu diário: "*The greatest event of my life*: 4 de março 1818, visita a M[étilde], *who pleases me*. 30 de setembro de 1818, *nel Giardino*."[8] A primeira data indica o nascimento de seu amor, o início de uma "grande frase musical". A segunda data, à qual acrescenta as horas e minutos exatos (9h32), parece ter sido um acontecimento tão significativo que o fará acreditar que Métilde pode vir a amá-lo — mas não se sabe qual foi tal acontecimento. Nos meses que se seguem ele anota sucessivamente como cometeu o erro de falar demais em seu salão (3/10/1818), como seu excesso de amor o impede de trabalhar (23/12/1818), pergunta-se se bastaria ser audacioso para conquistá-la (29/04/1819), como o amor o está enlouquecendo (maio de 1819).

É então que um acontecimento decisivo muda completamente o destino desse amor e, de certa maneira, transforma a vida literária de Stendhal. Em 12 de maio de 1819, Métilde parte para Volterra, uma pequena cidade medieval perto da costa, oitenta quilômetros ao sul de Florença, onde seus filhos estão internos no colégio San Michele. Stendhal não resiste a segui-la e chega a Volterra em 3 de junho, ficando lá até o dia 10. Os detalhes do que aconteceu durante esses dias estão perfeitamente descritos (e complementados por longas e calorosas justificativas de sua conduta) nas cartas que Stendhal escreve a Métilde.

[8]"O maior evento da minha vida: 4 de março de 1818, visita da M[étilde], que me encanta. 30 de setembro de 1818, no Jardim."

As cartas apresentadas no final desta edição, todas as que ele enviou a sua amada, giram principalmente em torno desse episódio de Volterra. Em suma ela sente-se assediada e o acusa de comprometer sua reputação. Para a pesquisadora Joana Ruas,

> no assédio a Matilde foram travadas verdadeiras batalhas, mas as táticas de conquista amorosa que [Stendhal] concebia de forma algo militarista não produziram efeito algum nesta mulher igualmente amante da Liberdade e certamente já bastante experimentada neste terreno devido à sua vida conjugal e ao carácter e profissão do marido. Para essa mulher liberal, estas estratégias de conquista amorosa eram tidas como próprias de conservadores, sempre inclinados a esmagar as realidades sentimentais às conveniências sociais e econômicas ou à vontade de domínio por parte do homem.[9]

O fato é que após os eventos de Volterra — frequentemente descritos como "tragicômicos" por seus biógrafos, pela maneira como Stendhal mete os pés pelas mãos ao tentar se aproximar da senhora lombarda —, as relações com Métilde só se enfraquecem. Quando voltam a Milão, ela lhe pede para espaçar suas visitas para apenas duas por mês.

Segundo um dos mais importantes biógrafos de Stendhal, Henri Martineau, para

> se distrair em parte do desespero que o tomava e para poder expressar [a Métilde] seu amor de uma maneira indireta mas transparente, Beyle esboçou para ela, em 4 de novembro

[9]Joana Ruas. "Dois amores de Stendhal". *Agulha: revista de cultura*, nº 68, maio/junho de 2008.

de 1819, algumas páginas curiosas e breves, o início de um romance.[10]

Logo depois, no entanto, ele percebeu as dificuldades de dar continuidade ao que veio a ser conhecido como *Le Roman de Métilde*,[11] sua primeira tentativa romanesca de fato, que ele não destinava à publicação, pensando-o como um presente para sua amada, no qual mostraria todo o peso, e o valor, de seu amor, perfeitamente sincero, ao contrário do que ela acreditava.

E alguns dias depois de desistir do projeto do romance vem-lhe a "ideia genial" (conforme anota em seu diário em 29/12/1819) de escrever um livro inteiramente dedicado a seu sentimento — sem dúvida o mais sincero e o mais forte de sua existência, segundo Martineau — que, por não ser retribuído, excita ainda mais seus pensamentos, deixando Stendhal nas condições ideais para analisar e descrever sua paixão.[12]

Iniciado a partir de anotações feitas sobre um programa de concerto, e complementadas com todos os tipos de referências, poesia, anedotas, filosofia, psicologia, observações do dia a dia na sociedade, o texto vem a se tornar uma dissecção do processo de se apaixonar e estar apaixonado, um apanhado ao mesmo tempo intrin-

[10]Henri Martineau. *Petit dictionnaire stendhalien*. Paris: Le Divan, 1948, p. 177.

[11]O único capítulo escrito, que tem entre as personagens a condessa Bianca (que é Matilde), Poloski (o próprio Stendhal) e a duquesa de Empoli (a melhor amiga de Matilde, a senhora Traversi) foi publicado por Henri Martineau em *Mélanges de littérature. Vol. 1. Fragments romanesques et poétiques* (Paris: Le Divan, 1933).

[12]Henri Martineau. *L'Œuvre de Stendhal: histoire de ses livres et de sa pensée*. Paris: Albin Michel, 1951, p. 201.

secamente pessoal e aplicável universalmente. Pouco depois de iniciar sua escrita, no entanto, acusado de traição pelo governo austríaco, Stendhal é obrigado a deixar a Itália para sempre, assim como Matilde, a quem vê pela última vez em meados de 1821.

Mas a figura dela permanece onipresente em cada linha do texto, sob diversos pseudônimos, em alusões, em frases que de fato falou ou que Stendhal de fato disse a ela. A obra é indiscutivelmente uma sublimação desse amor não correspondido que tanto marcou a vida do futuro romancista, a tal ponto que quando Matilde morre, aos 35 anos, em 1825, quatro anos após o último encontro dos dois, Stendhal anota em seu próprio exemplar da obra então publicada, logo abaixo da data: *death of the author*.

E para imensa decepção do verdadeiro autor, esse "tratado ideológico", que Stendhal considerava como sua obra principal[13] (sendo revista e retocada até os últimos dias de sua vida), publicado pouco tempo após sua volta a Paris, em 1822, foi um desastre de público, esnobado até por seus próprios amigos — em vinte anos teria tido apenas uma centena de leitores e, de 1822 a 1833, somente dezessete compradores. Tanto é que nos sucessivos prefácios que escreveu ao livro (que só recebeu uma segunda edição em 1853, onze anos após a morte de Stendhal), esse fato foi sempre lembrado:

Esta obra não teve nenhum sucesso; acharam-na ininteligível, não sem razão. [...] Todo esse prefácio só foi escrito para explicar que este livro tem a infelicidade de não poder ser

[13] Adolphe Paupe. *Histoire des œuvres de Stendhal*. Paris: Dujarric, 1903, p. 33.

compreendido senão pelas pessoas que tiveram a oportunidade de fazer loucuras na vida. Muitas pessoas se sentirão ofendidas, e espero que não irão além desta página. (Prefácio de 1826.)

Escrevo apenas para cem leitores, para aqueles seres infelizes, amáveis, encantadores, nem um pouco hipócritas, nem *moralistas*, a quem eu gostaria de agradar; mas só conheço um ou dois. (Segundo prefácio, de 1834.)

O último prefácio, de 1842, acabou de ser redigido 9 dias antes de sua morte (ocorrida em 23 de março), e é assim considerado seu último escrito. Nele, Stendhal explica um pouco a história do livro, tentando justificar seu fracasso:

Peguei um programa de concerto e escrevi algumas palavras a lápis. [Mais tarde], acrescentei novas circunstâncias. Essa antologia de particularidades sobre o amor continuou da mesma maneira, a lápis, em pedacinhos de papel, anotadas em salões onde eu ouvia contarem as anedotas. [...] Publiquei afinal um livro infeliz. [...] O *Ensaio sobre o amor* só podia se valer pelo número de pequenas nuanças de sentimento que eu pedia que o leitor verificasse em suas próprias lembranças, se ele fosse suficientemente feliz para ter algumas. Mas o pior é que na época eu não tinha muita experiência nas coisas literárias; o editor imprimiu o manuscrito num papel horrível, num formato ridículo. Assim, ao cabo de um mês ele me disse, como eu lhe pedia notícias do livro: "Pode-se dizer que é sagrado, pois ninguém encosta nele." [...] Naquela época, todo apaixonado, [...], eu evitava com cuidado qualquer concessão, qualquer amenidade de estilo que pudesse tornar o *Ensaio sobre o amor* menos singularmente barroco aos olhos das pessoas letradas. [...] O resultado de minha ignorância sobre as condições para o sucesso mais humilde foi de encontrar apenas dezessete leitores de 1822 a 1833; e após vinte anos de existência, [ele] mal foi compreendido por uma centena de curiosos. (Terceiro prefácio, de 1842.)

De fato, o livro é bastante "barroco", de uma leitura difícil, principalmente por sua heterogeneidade e pela tarefa ambiciosa que se propõe. Analisando seus próprios sentimentos, e as observações que faz de seu entorno, o autor pretende descrever o amor como faria com relação a uma doença, como faria para explicar uma verdade matemática.

O livro explica simplesmente, racionalmente, matematicamente, por assim dizer, os diversos sentimentos que se sucedem uns aos outros, e cujo conjunto se chama a paixão do amor. Imagine uma figura geométrica complicada, traçada com giz numa grande lousa: pois bem!, eu vou explicar essa figura; mas uma condição é necessária, é preciso que ela *já exista* na lousa; eu não posso traçá-la por conta própria. Essa impossibilidade é o que torna tão difícil fazer sobre o amor um livro que não seja um romance. É preciso, para acompanhar com interesse um *exame filosófico* desse sentimento, mais do que apenas espírito no leitor; é necessário que ele tenha visto o amor. (Prefácio de 1826)

Chamei a este ensaio de livro de ideologia. Meu objetivo foi indicar que, conquanto se intitule *Do amor*, não se trata de um romance, e que sobretudo não é divertido como um romance. Peço desculpas aos filósofos por ter empregado a palavra ideologia: minha intenção certamente não é usurpar um título que seria o direito de um outro. Se a ideologia é a descrição detalhada das ideias e de todas as partes que podem compô-la, o presente livro é a descrição detalhada e minuciosa de todos os sentimentos que compõem a paixão denominada amor. Em seguida eu tiro algumas consequências dessa descrição, por exemplo, a maneira de curar o amor. Não conheço nenhuma palavra em grego para dizer "discurso sobre os sentimentos", como ideologia indica "discurso sobre as ideias". (Nota de rodapé, no capítulo III.)

É possível entender a falta de interesse dos leitores da época, ainda que hoje o livro tenha se tornado um certo objeto de culto entre os fãs do romancista.

Contudo, os oito primeiros capítulos (apresentados nesta edição) são de grande interesse, e muito reveladores dessa maneira de pensar a paixão e falar dela de maneira "racional". Stendhal começa fazendo uma tipologia do amor (reconhece quatro tipos: o amor-paixão, o amor-gosto, o amor físico e o amor de vaidade) e depois descreve as etapas do nascimento do amor, sete ao todo — tal qual se verá em *Ernestine*.

Mas o ponto alto da análise é a famosa teoria da "cristalização", que será depois sutilmente aplicada às personagens de seus romances mais famosos. Segundo Stendhal, a pessoa apaixonada vê o objeto de seu amor de maneira diferente, mais encantadora, como se ele estivesse recoberto de cristais, que o tornariam mais perfeito aos olhos do amante. Não se trata de inventar qualidades novas ao ser amado, mas enxergar com bons olhos tudo o que se relaciona a ele.

O próprio Stendhal viveu a cristalização em sua paixão por Métilde Dembowski. Bem antes de sistematizar o conceito em *Do amor*, ele descreve de maneira bem pessoal como enxerga as coisas que se relacionam a sua amada, seus defeitos, a cidade onde vive:

> Se a senhora tivesse defeitos, eu nunca poderia dizer que não os vejo; na realidade, eu diria que os adoro; e, de fato, posso afirmar que adoro sua suscetibilidade extrema, que me faz passar noites tão horríveis. (7 de junho de 1819)

Quando, estando a cem léguas dela, penso na sra. Dembowski, esqueço suas severidades; coloco, um pertinho do outro, os curtos momentos em que me parecia, erroneamente, que ela me tratava menos mal. Tudo se torna sagrado para mim, até o país onde ela vive, e, em Paris, a simples menção de Milão me traz lágrimas aos olhos. Por exemplo, um mês atrás, pensando na senhora de Milão, eu imaginava a felicidade de passear a seu lado em Volterra, junto às maravilhosas muralhas etruscas, e nunca teria me passado pela cabeça que a senhora diria as coisas verdadeiras e duras que tive de ouvir. Esse sistema é tão verdadeiro que, quando fico algum tempo sem vê-la, como quando voltei de Sannazaro, eu a reencontro cada vez mais apaixonado. (30 de junho de 1819)

É essa conversa entre os três textos sobre o amor escritos por Stendhal o que interessou a organização da presente edição. As cartas a Matilde Dembowski são o embrião de toda uma teoria sobre o amor que virá a se transformar, num primeiro momento, num livro "teórico", em seguida num conto singelo, porém carregado de estilo e intenção, e finalmente nos romances tão conhecidos do autor. Uma leitura cuidadosa dos textos permite desvendar esse processo de desenvolvimento da escrita e da "verdade" literária. É curioso procurar os pontos de intersecção, as explicações para um ou outro detalhe.

As sete épocas do nascimento do amor, descritas de maneira tão teórica em *Do amor*, parecem acontecer naturalmente no conto *Ernestine*, sua ilustração narrativa. Tanto a protagonista como Philippe Astézan passam pelo mesmo processo, queimam as mesmas etapas, diferindo apenas quanto ao jeito como as encaram, o que é próprio dos modos diversos como homens e mulheres vivem o amor (outro tópico discutido no capítulo VII de *Do amor*).

A sexta etapa do nascimento da paixão, por exemplo, quando a incerteza aparece, descrita tão racionalmente em *Do amor*, é vivida tanto por Ernestine quanto por Philippe no conto, mas também por Stendhal na sua vida sentimental. No capítulo II da sua "fisiologia do amor" o autor afirma:

O amante chega a duvidar da felicidade que se prometera; fica mais rigoroso quanto às razões para ter esperança que acreditou ter observado.

Ele quer voltar aos outros prazeres da vida, *mas todos foram destruídos*. O temor de uma terrível infelicidade o toma e, com ele, uma profunda introspecção.

Depois de sentir-se enganada por Philippe, tudo também parece indiferente a Ernestine, "todas as ideias a reconduziam da mesma maneira ao desespero", e ela não quer fazer mais nada na vida, fica feliz que um resfriado possa se transformar numa pneumonia e livrá-la do seu tormento.

O mesmo se passa com Philippe: "Depois de se ter enchido de esperanças, que agora pensava terem sido concebidas à ligeira, tentou renunciar a seu amor, e considerava todos os outros prazeres da vida extintos para si".

Stendhal viveu pessoalmente tudo isso, conforme escreve com todas as letras a sua amada Matilde:

Cada vez que um divertimento ou um passeio termina, caio em mim e encontro um vazio assustador. Interpretei mil vezes, dei-me o prazer de escutar mais mil vezes cada coisinha que a senhora me disse nos últimos dias que tive a felicidade de vê-la. Minha imaginação cansada começa a não mais aceitar as imagens que me parecem agora excessivamente relacionadas com a horrível ideia da sua ausência, e todos os dias meu coração ensombrece mais. (16 de novembro de 1818)

Sei muito bem: esta paixão tornou-se o centro da minha vida. Todos os interesses, todas as considerações empalideceram diante dela. A necessidade funesta que sinto de vê-la sempre me domina, me transporta, me arrebata. Em certos momentos, durante minhas longas noites solitárias, sinto que se tivesse que assassinar pela senhora, eu me tornaria um assassino. (7 de junho de 1819)

A certa altura do conto, depois de receber uma carta que a faz mais do que nunca acreditar que é amada, Ernestine fica exultante, sente que nunca viveu uma felicidade igual, e anota em seu livro de horas: "Nunca ser imperiosa. Faço este voto no dia 30 de setembro de 18..." Ora, o dia 30 de setembro é precisamente a data em que o próprio Stendhal recebeu um sinal "definitivo" do amor de Métilde, e que ele considera como um dos dias mais felizes de sua vida, como vimos mais acima.

Esse entrelaçamento da realidade com a ficção, da teoria com a expressão literária, da paixão amorosa com a paixão pela escrita fica mais do que evidente na leitura desses três textos de Stendhal, nunca antes colocados lado a lado. Sua leitura atenta quase nos habilita a tentar responder à pergunta que o romancista colocou a si mesmo à margem de seu exemplar de *A cartuxa de Parma*, aos 55 anos: "Você prefere ter tido três mulheres ou ter escrito este romance?" O que Stendhal viveu de fato, suas lembranças, suas emoções, pertencerão sempre a ele e, por mais que leiamos e analisemos suas cartas e diários, nunca poderemos pesar o real valor (para ele) de suas mulheres em comparação com sua literatura. Por outro lado, sua obra literária é de domínio do leitor, que poderá (re)encontrar nela suas próprias lembranças e emoções, conforme Stendhal sugere num dos prefácios a *Do amor* citado acima. Para nós, leitores, melhor que ele tenha escrito seus romances, seus tratados, seus contos. Porém, é provável que não tivesse conseguido sem as mulheres que passaram por sua vida.

## BIBLIOGRAFIA

### Fontes para a introdução

CALVINO, Ítalo. "O conhecimento atomizado em Stendhal". In: *Por que ler os clássicos*. São Paulo: Cia das Letras, 1993.

COSTA, Leila de Aguiar. *A italianidade em Stendhal: heroísmo, virtude e paixão nas* Crônicas italianas *e em* A cartuxa de Parma. São Paulo: UNESP, 2003.

DÉDÉYAN, Charles. *L'Italie dans l'œuvre romanesque de Stendhal.* Paris: SEDES, 1963.

DELACROIX, Henri. *La Psychologie de Stendhal.* Paris: Félix Alcan, 1918.

MARTINEAU, Henri. *L'Œuvre de Stendhal: histoire de ses livres et de sa pensée*. Paris: Albin Michel, 1951.

______. *Petit dictionnaire stendhalien*. Paris: Le Divan, 1948.

MARTINO, Pierre. *Stendhal.* Paris: Société Française d'Imprimerie et de Librairie, 1914.

PAUPE, Adolphe. *Histoire des œuvres de Stendhal.* Paris: Dujarric, 1903.

RUAS, Joana. "Dois amores de Stendhal". *Agulha: revista de cultura*, nº 68, maio/junho 2008.

SANGSUE, Daniel. "De l'importance d'être Ernestine". In: Sangsue,

Daniel (Org). *Persuasion d'amour: nouvelles lectures de* De l'Amour *de Stendhal.* Genebra: Librairie Droz, 1999.

STENDHAL. *Mélanges de littérature. Vol. 1. Fragments romanesques et poétiques.* Ed. Henri Martineau. Paris: Le Divan, 1933.

______. "Notice sur M. Beyle par lui-même". 1ª ed. 1893.

STRICKLAND, Geoffrey. *Stendhal: the Education of a Novelist.* Cambridge, UK: Cambridge University Press, 1974.

VÉRAIN, Jérôme. "Stendhal ou le miroir de l'amour". In: Stendhal. *Ernestine ou la naissance de l'amour.* Paris: Mille et Une Nuits, 1993.

## Fontes para a tradução

STENDHAL. *Ernestine ou la naissance de l'amour.* Posfácio Jérôme Vérain. Paris: Mille et Une Nuits, 1993. "Texte intégral".

______. *De l'amour.* Paris: Michel Lévy Frères, 1853. "Seule édition complète, augmentée de préfaces et de fragments entièrement inédits". (Digitalizado por Google)

______. *Correspondance (1816-1820).* Vol. V. Edição e prefácio Henri Martineau. Paris: Le Divan, 1934. (Digitalizado por Gallica, biblioteca digital da BnF).

______. *Correspondance (1821-1830).* Vol VI. Edição e prefácio: Henri Martineau. Paris: Le Divan, 1934. (Digitalizado por Gallica, biblioteca digital da BnF).

______. *Lettres d'amour.* Edição e prefácio Victor Del Litto. Seyssel: Champ Vallon, 1993. (Digitalizado por Google)

# ERNESTINE OU O NASCIMENTO DO AMOR

# ERNESTINE OU O NASCIMENTO DO AMOR



## ADVERTÊNCIA

Uma senhora deveras espirituosa e com certa experiência sustentou um dia que o amor não nasce tão subitamente como se costuma dizer.

— Parece-me — dizia —, que posso reconhecer sete épocas completamente distintas no nascimento do amor.

E, para provar sua máxima, pôs-se a contar a seguinte anedota. Estávamos no campo, chovia a cântaros, escutar uma história era tudo o que queríamos.

***

Numa alma perfeitamente indiferente, como a de uma menina que vive num castelo isolado, nos confins de uma província distante, a menor novidade excita profundamente a atenção. Por exemplo, um jovem caçador flagrado inadvertidamente no bosque perto do castelo.

Foi um acontecimento simples assim que deu início às aflições de Ernestine de S... O castelo onde morava só, apenas com um velho tio, o conde de S..., fora erguido na Idade Média, às margens do rio Drac, sobre um dos imensos rochedos que estreitam seu leito, e dominava uma das mais belas paisagens da região do Dauphiné. Ernestine achou que o jovem caçador, oferecido à sua vista pelo acaso, tinha um ar nobre. A imagem do rapaz apresentou-se várias vezes a seu pensamento;

afinal, em que mais sonhar naquela velha fortaleza? Ali ela vivia em meio a uma certa suntuosidade; tinha uma numerosa criadagem a seu comando; no entanto, já fazia vinte anos que o senhor e os criados tinham envelhecido, e tudo acontecia sempre à mesma hora; o único propósito das conversas era desaprovar tudo o que se fazia e aborrecer-se com as coisas mais simples.

Numa tarde de primavera, o dia já ia terminando, Ernestine estava à janela; contemplava o pequeno lago e o bosque mais adiante. A extrema beleza da paisagem talvez contribuísse para mergulhá-la num estado de devaneio. De repente ela avistou o jovem caçador que entrevira alguns dias antes; ele estava de novo no bosque atrás do lago; segurava um buquê de flores nas mãos; parou como se olhasse para ela, e Ernestine o viu beijar o buquê e em seguida depositá-lo com uma espécie de respeito delicado na cavidade de um grande carvalho à beira do lago.

Quantos pensamentos essa simples ação fermentou! Pensamentos de um interesse tão vivo, sobretudo quando comparados às sensações monótonas que até aquele momento haviam preenchido a vida de Ernestine. Uma nova existência começava para ela; ousaria ir ver o buquê? "Deus, que imprudência", dizia a si mesma num movimento de ansiedade. "E se no instante em que me aproximasse do carvalho o caçador surgisse de trás dos arbustos vizinhos! Que vergonha! Que ideia faria de mim?" Essa bela árvore era, no entanto, o destino habitual de seus passeios solitários. Ia frequentemente sentar-se em suas raízes gigantescas, que se elevavam acima da relva, formando, ao redor do tronco, espécies de bancos naturais abrigados pela sombra da vasta folhagem.

À noite, Ernestine quase não pôde fechar os olhos. No dia seguinte, às cinco da manhã, a aurora acabava de despontar e ela já sobe à torre do castelo. Seus olhos procuram o carvalho do outro lado do lago. Mal o avista, imobiliza-se, como se o ar lhe faltasse. A felicidade agitada das paixões sucede ao contentamento sem objeto, e quase maquinal, da primeira juventude.

Dez dias se passam. Ernestine conta os dias! Apenas uma vez viu o jovem caçador. Ele se aproximou da árvore querida com um buquê que depositou em sua cavidade como o primeiro.

O velho conde de S... nota que a menina passa a vida a tomar conta de uma gaiola de pássaros que levou à torre do castelo; pois, sentada junto de uma janelinha cuja persiana mantém fechada, ela domina toda a extensão do bosque atrás do lago. Assim, tem certeza que o desconhecido não pode vê-la, e então sente-se à vontade para pensar nele sem reservas.

Eis que uma ideia vem atormentá-la. Se ele achar que ela não está dando atenção a seus buquês, concluirá que ela despreza sua homenagem que, afinal, não é senão uma simples delicadeza, e, por mais bem intencionada que seja sua alma, não voltará mais.

Passam-se mais quatro dias, mas como passam devagar! No quinto, andando por acaso perto do grande carvalho, a menina não pôde resistir à tentação de dar uma espiada na pequena cavidade onde viu os buquês serem depositados. Estava com sua governanta e não tinha nada a temer. Ernestine acreditava que só encontraria flores murchas; mas para sua inefável alegria vê um buquê composto com as mais raras e belas flores; é de um frescor deslumbrante; nem uma pétala dessas flores tão delicadas está machucada. Mal avistou tudo isso com o canto do olho, pôs-se a percorrer com a leveza de uma gazela, sem perder de vista sua governanta, toda essa parte do bosque num raio de cem passos. Não viu ninguém. Certa de não estar sendo observada, volta ao grande carvalho e ousa olhar com delícia para o adorável buquê. Oh! Céus! Descobre um papelzinho quase imperceptível preso ao nó do buquê.

— O que houve, minha Ernestine? — pergunta a governanta alarmada pelo gritinho que acompanha essa descoberta.

— Nada, boa amiga, foi uma perdiz que esvoaçou aos meus pés.

Quinze dias antes, Ernestine não teria tido a ideia de mentir. Ela vai se aproximando aos poucos do buquê encantador. Inclina a cabeça e, com as faces vermelhas como fogo, sem ousar tocá-lo, lê o que há no pedacinho de papel:

“Já faz um mês que trago um buquê todas as manhãs. Será que este será feliz o bastante para ser percebido?”

Tudo é encantador nesse lindo bilhetinho; a caligrafia inglesa que traçou as palavras tem uma forma das mais elegantes. Desde que, quatro anos antes, deixara Paris e o convento mais renomado do *faubourg* Saint-Germain, Ernestine nada vira de tão gracioso. De repente, enrubesce profundamente, aproxima-se de sua governanta e a incita a voltar para o castelo. Para chegar mais rápido, em vez de subir pelo vale e dar a volta no lago como de costume, Ernestine toma a trilha do pontilhão que conduz ao castelo em linha reta. Ela está pensativa, promete-se não mais voltar para aqueles lados; pois, enfim, acaba de se dar conta de que aquilo é uma espécie de mensagem que ousaram lhe enviar. Contudo, a mensagem não estava fechada, diz baixinho a si mesma. A partir desse momento sua vida é agitada por uma terrível ansiedade. Como! Ela não pode mais, nem de longe, rever sua árvore querida? O sentimento do dever se opõe a tal. "Se eu for para a outra margem do lago," diz consigo mesma, "não poderei mais me fiar às promessas que faço a mim mesma". Quando, às oito horas, ouviu o porteiro fechar as grades do pontilhão, aquele barulho que lhe arrebatava toda a esperança de correr ao bosque pareceu libertá-la de um peso enorme que oprimia seu peito; agora não poderia mais faltar para com o seu dever, ainda que tivesse a fraqueza de ceder.

No dia seguinte, nada é capaz de afastá-la de um sombrio devaneio; está abatida, pálida; seu tio percebe; manda atrelar os cavalos à antiga berlinda; eles percorrem as cercanias, vão até a alameda do castelo da sra. Dayssan, a três léguas dali. Na volta, o conde de S... ordena que parem no pequeno bosque perto do lago; a berlinda avança sobre a relva, ele quer rever o carvalho imenso a que chama de "contemporâneo de Carlos Magno".

— Esse grande imperador — comenta — pode tê-lo visto ao atravessar nossas montanhas para ir à Lombardia vencer o rei Desidério.[1]

[1]Desidério (710–786), duque da Toscana, foi o último rei lombardo. Em 774 seu reino foi conquistado por Carlos Magno. [Todas as notas são da tradutora, exceto quando indicadas.]

E essa ideia de uma vida tão longa parece rejuvenescer o ancião quase octogenário. Ernestine está bem longe de acompanhar o raciocínio de seu tio; suas faces estão queimando; ela vai portanto se encontrar mais uma vez perto do velho carvalho; promete-se contudo não espiar dentro do pequeno esconderijo. Porém, num movimento instintivo, sem se dar conta do que está fazendo, lança o olhar naquela direção, vê um buquê, empalidece. Ele é composto de rosas mosqueadas.

"Sou muito infeliz, devo me afastar para sempre. Aquela que amo não quer aceitar minhas homenagens."

Tais são as palavras traçadas no pequeno papel afixado ao buquê. Ernestine as leu antes de ter tempo de se impedir de vê-las. Sente-se tão fraca que é obrigada a se apoiar à árvore; e logo desmancha-se em lágrimas. À noite, ela diz a si mesma: "Ele se afastará para sempre, e eu não o verei mais!"

No dia seguinte, em pleno meio-dia, sob o sol escaldante de agosto, como passeava com seu tio por uma alameda de plátanos ao longo do lago, ela avista na outra margem o jovem aproximando-se do grande carvalho; ele pega o buquê, lança-o no lago e desaparece. Ernestine tem a impressão de que havia desdém em seu gesto; logo não tem mais dúvidas. Espanta-se de ter podido duvidar um só instante; é evidente que, vendo-se desprezado, ele vai partir; nunca mais ela o reverá.

Nesse dia todos ficam muito inquietos no castelo, onde de hábito ela é a única a dispersar alguma alegria. Seu tio decreta que ela está decididamente indisposta; uma palidez mortal, uma certa contração nos traços transfiguraram essa figura inocente, na qual se pintavam outrora as sensações tranquilas da primeira juventude.

À tarde, quando a hora do passeio chega, Ernestine não se opõe a que o tio a conduza em direção ao gramado do outro lado do lago. Ao passar, procura com um olho morno, onde as lágrimas mal se contêm, o pequeno esconderijo um pouco acima do solo, certa de nada encontrar; ela vira perfeitamente bem o buquê ser lançado ao lago. Mas, oh, que surpresa! Descobre ali um novo.

"Tenha piedade de minha atroz infelicidade e consinta em pegar a rosa branca."

Enquanto relia essas palavras espantosas, sua mão destaca sem se dar conta a rosa branca que está no meio do buquê. "Ele está mesmo muito infeliz!", diz consigo. Nesse momento o tio a chama, ela o acompanha, agora está feliz. Segura a rosa branca em seu pequeno lenço de batista, e a batista é tão fina que durante todo o tempo que dura ainda o passeio Ernestine consegue perceber a cor da rosa através do tecido leve. Ela segura o lenço de maneira a não machucar a rosa querida.

Mal está de volta, sobe correndo a escada que conduz a sua pequena torre, no canto do castelo. Ela ousa enfim contemplar sem acanhamento a rosa adorada, e satisfaz seu olhar através das doces lágrimas que escapam de seus olhos.

O que quer dizer esse choro? Ernestine ignora. Se pudesse adivinhar o sentimento que o faz escapar, teria coragem de sacrificar a rosa que acaba de colocar com tanto cuidado em um copo de cristal sobre a mesinha de acaju. No entanto, caso tenha o infortúnio de não ter mais vinte anos, o leitor adivinhará que essas lágrimas, longe de serem de dor, são as companheiras inseparáveis da inopinada visão de uma felicidade extrema; elas querem dizer: "Como é doce ser amada!" Foi no instante em que a comoção da primeira felicidade de sua vida desnorteava seu julgamento que Ernestine cometeu o erro de pegar a flor. Porém não percebeu ainda e nem pôde se recriminar por essa inconsequência.

Nós, contudo, que temos menos ilusões, reconhecemos aqui o terceiro período do nascimento do amor: o surgimento da esperança. Ernestine não sabe que, ao olhar a rosa, seu coração diz: "Agora não há dúvidas de que ele me ama".

Mas seria mesmo verdade que Ernestine está a ponto de amar? Esse sentimento não vai de encontro a todas as regras do mais simples bom senso? Como! Ela viu apenas três vezes o homem que, neste momento, lhe faz verter lágrimas ardentes! E ainda por cima só o viu do outro lado do lago, a uma grande distância, a quinhentos passos talvez. Sem contar que, se o encontrasse sem fuzil e sem roupa de caça, talvez nem o reconhecesse. Ela ignora seu nome, o que ele é, e no entanto seus dias se passam a alimentar sentimentos apaixonados, dos quais sou obrigado a abreviar a expressão, pois não tenho o espaço necessário para fazer um romance. Esses sentimentos são apenas variações de uma mesma ideia: "Que felicidade é ser amada!" Por outro lado, ela começa também a examinar esta outra questão tão diversamente importante: "Será que posso esperar ser amada de verdade? Não é só para se divertir que ele diz que me ama?" Ainda que viva num castelo construído por Lesdiguières,[2] e pertencente à família

[2]François de Bonne (1543–1626), duque de Lesdiguières, militar de grande renome, lutou ao lado de Henrique IV, foi governador do Dauphiné e o último condestável francês, sob Luís XIII.

de um dos mais valentes companheiros do famoso comandante geral, Ernestine não cogitou se colocar esta outra objeção: "Talvez seja o filho de um camponês dos arredores." Por quê? Ela vivia numa solidão profunda.

Certamente Ernestine estava bem longe de reconhecer a natureza dos sentimentos que reinavam em seu coração. Se tivesse podido prever onde eles a conduziam, teria tido uma chance de escapar a seu império. Uma jovem alemã, uma inglesa, uma italiana teriam reconhecido o amor; em função de nossa recatada educação francesa, que toma o partido de negar às moças a existência do amor, Ernestine alarmou-se apenas vagamente com o que se passava em seu coração; quando refletia profundamente, via apenas uma simples amizade. Se pegara uma única rosa foi por temer, caso agisse de outro modo, afligir seu novo amigo e perdê-lo. "E aliás", dizia-se ainda depois de ter muito pensado, "não se deve faltar com a cortesia".

O coração de Ernestine ficou agitado pelos sentimentos mais violentos. Durante quatro dias, que pareceram quatro séculos à jovem solitária, foi tomada de um temor indefinível; ela não saía mais do castelo. No quinto dia, cada vez mais inquieto por sua saúde, seu tio a obriga a acompanhá-lo ao bosque; ela se encontra perto da árvore fatal; lê no pequeno fragmento de papel escondido dentro do buquê:

"Se a senhorita aceitar receber esta camélia, domingo estarei na igreja do seu vilarejo".

Ernestine viu na igreja um homem vestido com extrema simplicidade e que devia ter 35 anos. Notou que ele nem ao menos usava uma cruz. Ele estava lendo e, da maneira como segurava o livro de horas, não deixava por quase nenhum instante de ter os olhos sobre ela. De tal modo que, durante todo o serviço, Ernestine ficou absolutamente sem condições de pensar em mais nada. Ao sair do antigo banco senhorial, deixou cair seu livro de horas; e, ao tentar recuperá-lo, ela mesma quase tropeçou. Enrubesceu com sua falta de jeito. "Ele deve ter me achado tão estabanada", disse a si mesma, "que terá vergonha de pensar em mim". Com efeito, a partir do momento em que ocorreu o pequeno acidente, não mais viu o estranho. Foi em vão que, depois de subir no carro, parou para distribuir algumas moedas às crianças do vilarejo; ela não avistou, entre os grupos de camponeses que se encontravam perto da igreja, a pessoa que, durante a missa, não ousara olhar. Ernestine, que até então fora a sinceridade em pessoa, fingiu ter esquecido seu lenço. Um criado andou por toda a igreja e procurou por muito tempo no banco senhorial esse lenço que não poderia encontrar. Mas o atraso conseguido graças a essa pequena artimanha foi inútil, ela não mais reviu o caçador. "Está claro", disse a si mesma; "a srta. de C... me disse certa vez que eu não era bonita e que tinha no olhar algo de imperioso e de repulsivo; só me faltava ser desajeitada; ele sem dúvida me despreza".

Esses tristes pensamentos a agitaram durante as duas ou três visitas que seu tio fez antes de retornarem ao castelo.

Mal estavam de volta, cerca de quatro da tarde, Ernestine correu para a alameda de plátanos ao longo do lago. A grade do passeio estava fechada por causa do domingo; felizmente ela avistou um jardineiro; chamou-o e pediu-lhe que colocasse o barco na água e que a conduzisse para o outro lado do lago. Ela desceu a cem passos do grande carvalho. O barco bordejava o gramado, permanecendo perto o bastante para tranquilizá-la. Os galhos baixos e mais ou menos horizontais do imenso carvalho estendiam-se quase até a água. Com os passos decididos, e uma espécie de sangue frio soturno e resoluto, aproximou-se da árvore, com o ar que teria se estivesse caminhando para a morte. Ela tinha certeza de nada encontrar no esconderijo; com efeito viu apenas uma flor murcha que pertencera ao buquê da véspera: "Se ele tivesse ficado contente comigo," disse a si mesma, "não teria deixado de me agradecer com um buquê".

Pediu para ser conduzida de volta ao castelo, subiu às pressas a seus aposentos e, ao chegar à pequena torre, segura de que não seria mais surpreendida, desmanchou-se em lágrimas. "A srta. C… tinha toda razão," repetiu-se, "para me achar bonita é preciso me ver a quinhentos passos de distância. Como nesta província de liberais meu tio não encontra ninguém além dos camponeses e dos curas, minhas maneiras devem ter contraído algo de rude, ou até mesmo de grosseiro. Devo ter no olhar uma expressão imperiosa e repulsiva". Ela se aproxima do espelho para observar tal expressão; vê olhos de um azul muito escuro afogados em lágrimas. "Neste momento não posso ter o olhar imperioso que sempre me impedirá de agradar."

Soaram o jantar; foi-lhe difícil secar as lágrimas. Finalmente apareceu no salão; encontrou ali o sr. Villars, um velho botanista que vinha todos os anos passar oito dias com o sr. de S…, para grande infelicidade da empregada, promovida a governanta, que, durante esse tempo, perdia seu lugar à mesa do senhor conde. Tudo se passou muito bem até o momento do champanhe:

trouxeram o balde para perto de Ernestine. O gelo havia derretido há muito tempo. A menina chamou um criado e disse:

— Troque esta água e coloque gelo no balde, rápido.

— Eis um tom imperioso que combina muito bem com você — disse rindo o bom tio.

À palavra "imperioso", lágrimas inundaram os olhos de Ernestine, a ponto de lhe ser impossível escondê-las; ela foi obrigada a deixar o salão e, enquanto fechava a porta, podiam ouvir os soluços que a sufocavam. Os velhos ficaram absolutamente perplexos.

Dois dias depois ela passou perto do grande carvalho; aproximou-se e olhou para dentro do esconderijo, como se quisesse rever um lugar onde outrora fora tão feliz. Qual não foi seu deslumbramento ao encontrar ali dois buquês! Ela os pegou juntamente com os bilhetes, colocou-os dentro do lenço e voltou correndo para o castelo, sem se preocupar se, escondido no bosque, o desconhecido estaria observando seus movimentos — ideia que, até esse dia, nunca a tinha abandonado. Sem fôlego e não conseguindo mais avançar, foi obrigada a parar mais ou menos no meio do passeio. Mal retomou a respiração, pôs-se a correr com toda a velocidade de que era capaz. Enfim, encontrou-se em seu quarto, tirou os buquês do lenço e, sem ler os bilhetes, pôs-se a beijar as flores com emoção, gesto que a fez corar assim que atinou com o que fazia. "Ah! Nunca mais terei um ar imperioso. Eu me corrigirei!"

Quando enfim deu todos os testemunhos de seu imenso carinho pelos belos buquês, compostos das flores mais raras, leu os bilhetes. (Um homem teria começado por isso.) O primeiro, que estava datado de domingo às cinco horas, dizia: "Recusei-me o prazer de vê-la depois do serviço; não podia ficar sozinho; temia que lessem em meus olhos o amor de que ardo pela senhorita..." Ela releu três vezes essas palavras: o amor de que ardo pela senhorita; depois levantou-se para ver no espelho se tinha um ar imperioso; continuou: "...o amor de que ardo pela senhorita. Se seu coração está livre, queira pegar este bilhete, que poderia nos comprometer".

O segundo bilhete, datado de segunda-feira, estava a lápis e um tanto mal escrito; mas Ernestine não estava mais no tempo em que a bela caligrafia inglesa de seu desconhecido era um charme para seus olhos; vivia agora questões por demais sérias para dar atenção a tais detalhes.

"Vim até aqui. Tive a felicidade de ouvir pessoas falando da senhorita em minha presença. Disseram que atravessou o lago ontem. Vejo que não quis pegar o bilhete que deixei. Isso decidiu minha sorte. A senhorita ama, mas não a mim. Sabia que era loucura, na minha idade, afeiçoar-me a uma moça da sua. Adeus para sempre. Não acrescentarei a infelicidade de ser um importuno à de ter por tempo demais me ocupado de uma paixão provavelmente ridícula a seus olhos".

— De uma paixão! — repetiu Ernestine erguendo os olhos ao céu.

Foi um momento exultante. A mocinha, de uma beleza notável, e na flor da juventude, exclamava com deslumbramento: "Ele digna-se a me amar; ah, meu Deus! Como sou feliz!". Ela caiu de joelhos diante de uma delicada madona de Carlo Dolci trazida da Itália por um de seus antepassados. "Ah! Sim, serei boa e virtuosa!", exclamava com lágrimas nos olhos. "Meu Deus, queira apenas me indicar meus defeitos para que eu possa corrigi-los; agora tudo é possível para mim."

Ela se ergueu para reler os bilhetes mais vinte vezes. O segundo sobretudo lançou-a em transportes de felicidade. Logo ela se deu conta de uma verdade estabelecida em seu coração havia muito tempo: que nunca poderia afeiçoar-se a um homem de menos de quarenta anos. (O desconhecido mencionava sua idade.) Ela se lembrou que na igreja, por ser ligeiramente calvo, ele pareceu ter 34 ou 35 anos. Mas não podia ter certeza; ousara olhá-lo tão pouco! Estava tão perturbada! Durante a noite, Ernestine não fechou os olhos. Em toda a sua vida não tinha tido ideia de uma felicidade igual. Levantou-se para escrever em inglês em seu livro de horas: "Nunca ser imperiosa. Faço este voto no dia 30 de setembro de 18...".

Durante aquela noite, resolveu-se cada vez mais quanto a essa verdade: é impossível amar um homem que não tenha quarenta anos. De tanto sonhar com as boas qualidades de seu desconhecido, veio-lhe ao espírito que além da vantagem de ter quarenta anos, ele provavelmente também tinha a de ser pobre. Estava vestido de uma maneira tão simples na igreja que sem dúvida era pobre. Nada poderia igualar sua felicidade ao fazer essa descoberta. "Ele nunca terá o ar idiota e fátuo de nossos amigos, os srs. Fulano e Cicrano, quando veem, por ocasião da festa de Santo Humberto, dar a meu tio a honra de matar seus cervos, e que nos contam à mesa todos os seus feitos de juventude sem que lhes peçamos.

Como seria bom, meu Deus, se ele fosse pobre! Se

assim for, nada falta à minha felicidade!" Ela levantou--se uma segunda vez para acender sua vela e procurar uma avaliação de sua fortuna que um de seus primos escrevera num livro. Encontrou dezessete mil libras de renda até se casar e, a partir de então, quarenta ou cinquenta. Enquanto meditava sobre esses números, soaram quatro horas. Ela estremeceu. "Talvez o dia já esteja claro o bastante para que eu consiga ver minha árvore querida". Abriu as persianas; com efeito pôde avistar o grande carvalho e sua folhagem escura; mas isso graças ao luar, e não pela contribuição das primeiras claridades da aurora, que ainda estava bem distante.

Vestindo-se pela manhã, disse a si mesma: "A amiga de um homem de quarenta anos não deve se parecer com uma criança". E durante uma hora procurou em seu armário um vestido, um chapéu, um cinto, que compuseram um arranjo tão original que, quando apareceu à mesa do desjejum, o tio, a governanta e o velho botanista não puderam se impedir de soltar uma gargalhada.

— Venha aqui — disse o velho conde de S..., antigo cavaleiro da ordem de São Luís, ferido na batalha de Quiberon[3] — venha aqui, minha Ernestine. Está vestida esta manhã como se quisesses se fantasiar de mulher de quarenta anos.

A essas palavras ela corou, e a mais viva felicidade pintou-se sobre os traços da mocinha.

— Deus me perdoe! — disse o bom tio no final da refeição, dirigindo-se ao velho botanista —, como

[3]A batalha de Quiberon (1759) foi uma batalha naval entre a armada francesa e a britânica, vencida pelas forças britânicas comandadas por Sir Edward Hawke.

é curioso. Não é verdade, caro amigo, que esta manhã a srta. Ernestine está com todos os trejeitos de uma mulher de trinta anos? Ela exibe sobretudo um arzinho paternal quando fala com os criados, que me encanta de tão ridículo; coloquei-a duas ou três vezes à prova para ter certeza da minha observação.

Esse comentário duplicou a felicidade de Ernestine — caso seja possível se servir dessa palavra para descrever uma felicidade que já se encontra no auge.

Foi com dificuldade que conseguiu se afastar dos senhores depois do desjejum. O tio e o amigo botanista não se cansavam de chacoteá-la sobre seu arzinho envelhecido. Ela voltou a seus aposentos e olhou para o carvalho. Pela primeira vez em vinte horas uma nuvem veio obscurecer sua felicidade, mas sem que ela pudesse se dar conta dessa transformação súbita. O que diminuiu o deslumbramento ao qual se tinha abandonado desde o momento em que, na véspera, mergulhada no desespero, encontrara os buquês na árvore foi esta questão que se colocou: "Como devo me conduzir com meu amigo para que ele me estime? Um homem com tanto espírito, e com a vantagem de ter quarenta anos, deve ser bem severo. Sua afeição por mim será completamente arruinada se eu me permitir um mau passo".

Como Ernestine se abandonava a esse monólogo diante de sua psiquê, na posição mais propícia a secundar as sérias meditações de uma mocinha, observou, com um espanto entremeado de horror, que tinha preso à cintura um alfinete de ouro ao qual se penduravam com correntinhas um dedal, um par de tesouras e um estojo de costura — joia encantadora que, ainda na véspera, ela não se cansava de admirar, e que o tio lhe dera no dia da festa de seu nome, menos de quinze dias antes. O que a fez encarar essa joia com horror e arrancá-la com tanta prontidão foi lembrar-se de sua criada dizendo que custara 850 francos, e que fora comprada no mais famoso joalheiro de Paris, chamado Laurençot: "O que meu amigo pensaria de mim, ele, que tem a honra de ser pobre, se me visse com joias de um preço tão absurdo? Nada mais disparatado do que pavonear assim os gostos de uma boa dona de casa; pois o que querem dizer estas tesouras, este estojo, este dedal que carregam o tempo todo; e a boa dona de casa não pensa que esta joia custa a cada ano os rendimentos de seu preço". Pôs-se a calcular meticulosamente e concluiu que a joia custava perto de cinquenta francos por ano.

Essa importante lição de economia doméstica — que Ernestine devia à boa educação que recebera de um conspirador escondido durante anos no castelo do tio —, essa reflexão, prossigo, só fez protelar a principal dificuldade. Quando fechou em sua cômoda a joia de preço absurdo, foi preciso voltar à questão mais espinhosa: o que fazer para não perder a estima de um homem tão espirituoso?

As meditações de Ernestine (que o leitor terá talvez reconhecido como sendo tão simplesmente a expressão do quinto período do nascimento do amor) nos conduziriam bem longe. Essa mocinha tinha um espírito preciso, penetrante e vivo como o ar de suas montanhas. Seu tio, que fora outrora dotado de espírito, e a quem ainda restava um pouco sobre os dois ou três assuntos que continuavam a interessá-lo, seu tio notara que ela compreendia espontaneamente todas as consequências de uma ideia. O bom ancião tinha o costume —

quando se encontrava num dia alegre, e a governanta notara que essa brincadeira era o sinal indubitável de tal estado de espírito —, ele tinha o costume, como eu dizia, de brincar com sua Ernestine sobre o que gostava de chamar de sua "perspicácia militar". Talvez tenha sido essa qualidade que, mais tarde, quando se apresentou pela primeira vez em sociedade e que ousou falar, a fez desempenhar um papel tão brilhante. Mas, na época da qual nos ocupamos, apesar de seu espírito, Ernestine ficou toda embaralhada em sua linha de raciocínio. Vinte vezes esteve a ponto de não passear perto da árvore: "Qualquer besteira que eu faça", dizia-se consigo anunciando sua infantilidade, "pode me perder na estima do meu amigo". Mas, apesar dos argumentos extremamente sutis, e nos quais empregava toda a capacidade de sua mente, não possuía ainda a difícil arte de domar as paixões por meio do espírito. O amor, que agitava assim a pobre criança a despeito dela mesma, falseava todos os seus raciocínios e, para sua felicidade, levou-a bem cedo a se encaminhar para a árvore fatal. Depois de muitas hesitações, por volta da uma hora encontrou-se diante dela com sua criada de quarto. Afastou-se da criada e aproximou-se da árvore, fremente de alegria, a pobre pequena! Parecia voar sobre a relva, e não caminhar. O velho botanista, que fazia parte do passeio, observou o fato à criada enquanto a menina se afastava deles correndo.

Toda a felicidade de Ernestine desapareceu num piscar de olhos. Não é que não tenha encontrado um buquê na cavidade da árvore; ele era encantador e perfeitamente fresco, o que de início lhe deu um imenso prazer. Não fazia portanto muito tempo que seu amigo estivera precisamente no mesmo lugar em que ela se encontrava agora. Procurou na relva alguma marca de seus passos. O que a encantou ainda mais foi que no lugar de um simples pedaço de papel escrito, havia uma carta, uma longa carta. Ela precipitou-se até a assinatura; precisava saber o nome de batismo do desconhecido. Leu. A carta caiu de suas mãos, assim como o buquê. Um arrepio mortal apoderou-se dela. Lera na parte de baixo do papel o nome de Philippe Astézan. Ora, o sr. Astézan era conhecido no castelo do conde de S... por ser o amante da sra. Dayssin, rica mulher de Paris, muito elegante, que vinha todos os anos escandalizar a província ao ousar passar quatro meses só, em seu castelo, com um homem que não era o seu marido. Para o cúmulo do desespero, ela era viúva, jovem, bonita, e podia desposar o sr. Astézan. Todos esses fatos lamentáveis — que tal como acabamos de contar eram verdadeiros — pareciam ainda muito mais venenosos nos discursos dos personagens tristes, e grandes inimigos dos erros da bela idade, que vinham algumas vezes visitar o antigo castelo do tio de Ernestine. Jamais, em tão poucos segundos, uma felicidade tão pura e tão vívida — era a primeira de sua vida — foi substituída por uma infelicidade tão pungente e sem esperanças. "O cruel! Quis zombar de mim", dizia-se Ernestine, "quis criar uma diversão a mais em suas partidas de caça, mexer com a cabeça de uma criança, talvez na intenção de entreter a sra. Dayssin. E eu que sonhava desposá-lo! Quanta infantilidade! É o cúmulo da humilhação!" Com esses tristes pensamentos, Ernestine caiu desmaiada perto da árvore fatal que por três meses tinha tantas vezes contemplado. Pelo menos foi ali que, meia hora depois, a criada de quarto e o velho botanista a encontraram sem movimento. Para aumentar sua infelicidade, quando conseguiram despertá-la, Ernestine avistou a seus pés a carta de Astézan, aberta do lado da assinatura e de maneira que podiam lê-la. Levantou-se com a velocidade de um raio e colocou o pé sobre ela.

Ela explicou seu acidente e pôde, sem ser observada, apanhar a carta fatal. Por muito tempo não lhe foi possível lê-la, pois sua governanta a fez sentar-se e não mais a deixou. O botanista chamou um camponês que estava trabalhando por ali para que fosse buscar o carro no castelo. E para se dispensar de responder às reflexões sobre seu acidente, Ernestine fingiu não conseguir falar; uma terrível dor de cabeça lhe serviu de pretexto para manter o lenço nos olhos. O carro chegou. Mais livre para pensar no ocorrido, logo que se instalou dentro dele não seria possível descrever a dor dilacerante que penetrou sua alma durante o tempo que o carro levou para retornar ao castelo. O mais terrível era que ela se sentia obrigada a se desprezar. A carta fatal que sentia dentro do lenço queimava-lhe as mãos. A noite caiu enquanto conduziam-na para casa; pôde abrir os olhos sem que percebessem. A vista de estrelas tão brilhantes, nessa bela noite do sul da França, consolou-a um pouco. Sentindo tão fortemente os efeitos dos transportes da paixão, a simplicidade de sua idade estava bem longe de poder se dar conta do que ocorria em seu coração. Após duas horas da mais atroz dor moral, Ernestine deveu seu primeiro momento de trégua a uma resolução corajosa. "Não lerei esta carta da qual vi apenas a assinatura; eu a queimarei", disse a si mesma ao chegar ao castelo. Então pôde se estimar ao menos por ter coragem, pois o partido do amor, ainda que vencido em aparência, não tinha deixado de modestamente insinuar que essa carta talvez explicasse de maneira satisfatória as relações do sr. Astézan com a sra. Dayssin.

Ao entrar no salão, Ernestine lançou a carta no fogo. No dia seguinte, às oito horas da manhã, retomou seus estudos de piano, que havia negligenciado nos últimos dois meses. Retomou a coleção de *Memórias* da História da França, publicadas por Petitot, e recomeçou a ler longos trechos das memórias do sanguinário Monluc.[4] Teve a habilidade de se fazer oferecer pelo botanista um novo curso de história natural. Ao cabo de quinze dias, esse bom homem, simples como suas plantas, não pôde se calar diante da espantosa dedicação que notava em sua aluna; estava maravilhado. Quanto a ela, tudo lhe era indiferente; todas as ideias a reconduziam da mesma maneira ao desespero. Seu tio estava muito alarmado: Ernestine emagrecia a olhos nus. Como, por acaso, ela pegou um pequeno resfriado, o bom ancião — que contra o hábito das pessoas de sua idade não reunira exclusivamente para si todo o interesse que podia tomar às coisas da vida — pensou que ela estava com alguma doença no peito. Ernestine também acreditou nisso, e deveu a esta ideia os poucos momentos passáveis que teve nessa época; a esperança de morrer logo ajudava-a a suportar a vida sem impaciência.

Durante um longo mês, não teve outro sentimento

[4]Blaise de Lasseran de Massecomme (1500–1577), mais conhecido como Blaise de Monluc, foi um militar francês que lutou ferozmente contra os protestantes nas guerras de religião. Seus famosos *Commentaires* são um livro bastante sanguinolento contando as memórias de suas batalhas.

além de uma imensa dor, que era ainda profunda por ter sua fonte no desprezo que sentia por si mesma. Como não tinha hábitos sociais, não pôde se consolar dizendo-se que ninguém no mundo poderia suspeitar do que se passava em seu coração, e que provavelmente o homem cruel que a havia tanto ocupado não conseguiria adivinhar a centésima parte do que ela sentira por ele. Em meio a sua infelicidade não lhe faltava coragem; não sentiu nenhuma dificuldade em lançar ao fogo, sem ler, as duas cartas que recebeu em cujos envelopes reconheceu a funesta caligrafia inglesa.

Ela se prometera jamais olhar novamente o gramado na outra margem do lago; no salão, nunca erguia os olhos para as janelas que davam para aquele lado. Um dia, perto de seis semanas depois daquele em que lera o nome de Philippe de Astézan, seu mestre de história natural, o bom sr. Villars, teve a ideia de lhe dar uma lição sobre plantas aquáticas; embarcou com ela e se fez conduzir para a parte do lago que atravessava o pequeno vale. Quando Ernestine estava entrando no barco, um olhar de esguelha e quase involuntário deu-lhe a certeza de que não havia ninguém perto do grande carvalho; ela mal notou uma parte da casca da árvore de um cinza mais claro que o resto. Duas horas mais tarde, quando repassou diante do grande carvalho depois da lição, estremeceu ao reconhecer que o que havia tomado por um acidente na casca da árvore era de fato a cor do traje de caça de Philippe Astézan que, havia duas horas, sentado sobre uma das raízes do carvalho, permanecia imóvel como se estivesse morto. Fazendo essa comparação a si mesma, o espírito de Ernestine se serviu também da frase: *como se estivesse morto*; sentiu como um lampejo. "Se estivesse morto, não seria mais indecoroso pensar tanto nele". Durante alguns minutos, essa suposição se tornou um pretexto para se abandonar a um amor que se tornara mais poderoso que tudo graças à vista do objeto amado.

Essa descoberta a perturbou sobremaneira. No dia seguinte, no final da tarde, um cura da vizinhança que estava de visita no castelo pediu ao conde de S... para lhe emprestar um *Moniteur*. Enquanto o velho pajem ia pegar na biblioteca a coleção de *Moniteurs* do mês:

— Mas padre — disse o conde —, o senhor não está muito curioso este ano; é a primeira vez que me pede o *Moniteur*!

— Senhor conde — respondeu o cura —, a sra. Dayssin, minha vizinha, emprestou-os para mim enquanto aqui esteve; mas ela partiu há quinze dias.

Essas palavras tão indiferentes causaram uma tal agitação em Ernestine que ela pensou que passaria mal; sentiu seu coração estremecer às palavras do cura, o que a humilhou bastante. "Eis como consegui esquecê-lo!", disse a si mesma.

Naquela noite, pela primeira vez em muito tempo, aconteceu-lhe de sorrir. "Entretanto," dizia-se, "ele permaneceu na província, a 150 léguas de Paris, deixou a sra. Dayssin partir só." Sua imobilidade sobre as raízes do carvalho voltou-lhe à mente, e ela permitiu que seu pensamento fizesse uma pausa sobre essa ideia. Havia um mês, toda a sua felicidade consistira em se persuadir de que estava com um problema no peito; no dia seguinte, ela se surpreendeu a pensar que, como a neve começava a cobrir os picos das montanhas, fazia frequentemente frio à noite; ela considerou prudente usar roupas mais quentes. Uma alma vulgar não teria deixado de tomar a mesma precaução; Ernestine só pensou nisso depois das palavras do cura.

A festa de Santo Humberto estava se aproximando, e com ela a época do único grande jantar que acontecia no castelo durante todo o ano. Desceram o piano de Ernestine para o salão. Abrindo-o no outro dia, ela encontrou sobre as teclas um pedaço de papel contendo esta linha: "Não grite quando me avistar".

A nota era tão curta que ela a decifrou antes de reconhecer a mão da pessoa que a escrevera: a caligrafia estava disfarçada. Como Ernestine devia ao acaso, ou talvez ao ar das montanhas do Dauphiné, uma alma sólida, antes das palavras do cura sobre a partida da sra. Dayssin, ela certamente teria ido se enclausurar em seu quarto e só teria tornado a aparecer depois da festa.

Dois dias depois, aconteceu o grande jantar anual de Santo Humberto. À mesa, Ernestine fez as honras, sentada defronte ao tio; estava vestida com muita elegância. A mesa apresentava a coleção mais ou menos completa dos curas e dos prefeitos das cercanias, mais cinco ou seis fátuos da província, falando de si mesmos e de seus feitos na guerra, na caça e até no amor, e sobretudo da antiguidade de sua estirpe. Nunca tiveram a infelicidade de fazer menos efeito sobre a herdeira do castelo. A extrema palidez de Ernestine, adicionada à beleza de seus traços, infundia-lhe um certo ar de desdém. Os fátuos que tentavam falar com ela se sentiam intimidados ao lhe dirigir a palavra. De seu lado, ela estava bem longe de rebaixar seu pensamento até eles.

Todo o início do jantar se passou sem que ela visse nada de extraordinário; estava começando a respirar aliviada quando, perto do fim da refeição, ao erguer a cabeça, encontrou diante de seus olhos os de um camponês de idade já madura, que parecia ser o pajem de um prefeito de alguma aldeia das margens do Drac. Ela sentiu o mesmo movimento singular no peito que as palavras do cura haviam provocado; contudo não estava certa de nada. Esse camponês não se parecia com Philippe. Ela ousou olhá-lo uma segunda vez; não teve mais dúvidas, era ele. Ele tinha se disfarçado de maneira a se tornar muito feio.

É tempo de falar um pouco de Philippe Astézan, pois está agindo aqui como um homem apaixonado, e talvez também encontremos em sua história a ocasião de verificar a teoria das sete épocas do amor. Quando chegara ao castelo de Laffrey com a sra. Dayssin, cinco meses antes, um dos curas que ela estava recebendo em casa para fazer a corte ao clero soltou uma bela tirada. Philippe, espantado de ver sair algo espirituoso da boca de um tal homem, perguntou-lhe de quem era esse dito tão singular.

— Da sobrinha do conte de S... — respondeu o cura —, uma menina que será muito rica, mas a quem deram uma péssima educação. Não se passa um ano sem que ela receba de Paris uma caixa de livros. Temo deveras que acabe fazendo um mau casamento, ou que nem consiga se casar. Quem vai querer se ocupar de uma tal mulher? Etc. etc.

Philippe fez mais algumas perguntas, e o cura não pôde deixar de deplorar a rara beleza de Ernestine que certamente conduziria a sua perda; ele descreveu com tanta verdade o tédio do tipo de vida que se levava no castelo do conde, que a sra. Dayssin exclamou:

— Oh! Por piedade, basta, senhor cura, o senhor vai me fazer odiar suas belas montanhas.

— Não se pode deixar de amar um lugar onde se faz tanto bem — respondeu o cura —, e o dinheiro que a senhora doou para nos ajudar a comprar o terceiro sino de nossa igreja lhe assegura...

Philippe não escutava mais, ele pensava em Ernestine e no que devia se passar no coração de uma menina relegada num castelo que parecia entediante até mesmo para um cura de província. "É preciso que eu a divirta", disse consigo mesmo. "Vou lhe fazer a corte de uma maneira romanesca; isso trará alguns pensamentos novos a essa pobre criança". No dia seguinte, foi caçar para os lados do castelo do conde; notou a situação do bosque, separado do castelo pelo pequeno lago. Teve a ideia de fazer a homenagem de um buquê a Ernestine; já sabemos o que fez com os buquês e os bilhetinhos. Quando caçava perto do grande carvalho, ia em pessoa colocá-los lá; nos outros dias, enviava seu criado. Philippe fazia isso tudo por filantropia, nem pensava em ver Ernestine; teria sido muito difícil e muito entediante se fazer apresentar na casa de seu tio.

Quando avistou Ernestine na igreja, seu primeiro pensamento foi que era velho demais para agradar a uma moça de dezoito ou vinte anos. Ele ficou impressionado com a beleza de seus traços e sobretudo com a espécie de simplicidade nobre que dava caráter a sua fisionomia. "Há uma certa ingenuidade nessa personalidade", disse consigo. Um instante depois, ela lhe pareceu encantadora. Quando ele a viu deixar cair o livro de horas ao sair do banco senhorial e tentar recuperá-lo com uma falta de jeito tão adorável, pensou que podia amar, pois sentiu esperança. Ele permaneceu dentro da igreja quando ela saiu; meditou sobre um assunto pouco divertido para um homem que está começando a se apaixonar: ele tinha 35 anos e um início calvície, que lhe dava uma bela fronte, à maneira do doutor Gall,[5] mas que certamente acrescentava uns quatro ou cinco anos à sua idade. "Se minha velhice não pôs tudo a perder à primeira vista, é preciso que ela desconfie do meu coração para esquecer a minha idade".

Ele se aproximou de uma pequena janela gótica que dava para a praça e viu Ernestine subir no carro; achou sua silhueta e seus pés encantadores. Ela distribuía esmolas; parecia que seus olhos procuravam alguém. "Por que seus olhos observam ao longe enquanto distribui moedas perto do carro? Será que eu lhe inspirei algum interesse?"

Ele viu Ernestine dar uma incumbência ao lacaio; durante esse tempo embriagava-se com sua beleza. Como seus olhos estavam bem perto dela, o carro a menos de dez passos da pequena janela gótica, ele a viu corar. Ele viu o criado retornar à igreja e procurar alguma coisa no banco senhorial. Durante a ausência do criado, teve certeza de que os olhos de Ernestine miravam bem além da multidão à sua volta e, por conseguinte, procuravam alguém; mas esse alguém podia muito bem não ser Philippe Astézan que, aos olhos dessa mocinha, devia talvez ter cinquenta, sessenta anos, quem sabe? Na sua idade e com a sua fortuna, ela não teria um pre-

[5]Franz Joseph Gall (1758–1828), neuroanatomista, pai da frenologia, que estuda a relação da forma do crânio com as capacidades cerebrais.

tendente entre os fidalgotes da região? "Contudo, não vi ninguém durante a missa."

Assim que o carro do conde partiu, Astézan montou seu cavalo, deu a volta pelo bosque para evitar encontrá-la e encaminhou-se apressadamente para o gramado. Para seu inexprimível prazer, conseguiu chegar ao grande carvalho antes que Ernestine visse o buquê e o bilhete que havia mandado colocar ali pela manhã; retirou o buquê, embrenhou-se no bosque, amarrou seu cavalo numa árvore e foi dar um passeio. Estava muito agitado; veio-lhe a ideia de acaçapar-se na parte mais cerrada de uma mata elevada a cem passos do lago. Desse lugar que o escondia de todos os olhares, ele podia, graças a uma clareira, observar o grande carvalho e o lago.

Qual não foi seu deleite quando pouco tempo depois viu o pequeno barco de Ernestine avançar sobre as águas límpidas que a brisa sulina agitava molemente! Esse momento foi decisivo; a imagem do lago e de Ernestine, que acabara de ver tão bela na igreja, gravaram-se profundamente em seu coração. A partir desse momento Ernestine pareceu ter algo que a distinguia a seus olhos de todas as outras mulheres, e nada mais lhe faltou, além da esperança, para amá-la loucamente. Ele a viu se aproximar ansiosa da árvore: viu sua dor ao não encontrar nenhum buquê. Esse momento foi tão delicioso e tão intenso que quando Ernestine se afastou correndo, Philippe pensou ter se enganado ao pensar ter notado dor em sua expressão quando ela não viu nenhum buquê na cavidade da árvore. Todo o destino de seu amor repousava nessa circunstância. Ele se dizia: "Ela tinha o olhar tão triste ao descer do barco, e mesmo antes de se aproximar da árvore". E o partido da esperança respondia: "Mas ela não tinha um aspecto triste na igreja; ao contrário, lá ela estava brilhante de frescor, de beleza, de juventude, e um pouco perturbada; um ânimo ardente animava seus olhos".

Quando não foi mais possível a Philippe Astézan avistar Ernestine, que tinha desembarcado na alameda de plátanos do outro lado do lago, o rapaz saiu de seu esconderijo como um homem totalmente diferente daquele que havia ali entrado. Ao retornar a galope ao castelo da sra. Dayssin, tinha somente duas ideias: "Será que ela realmente demonstrou tristeza ao não encontrar nenhum buquê dentro da árvore? Essa tristeza não teria sido consequência apenas de sua vaidade frustrada?" Essa suposição mais provável acabou por se apoderar inteiramente de seu espírito e todos os pensamentos equilibrados de um homem de 35 anos lhe voltaram. Ficou sério. Na casa da sra. Dayssin encontrou muita gente; durante o jantar, ela zombou de sua gravidade e de sua fatuidade. Ele não podia mais, dizia ela, passar na frente de um espelho sem se olhar. "Tenho horror", dizia a sra. Dayssin, "desse hábito dos jovens da moda. É uma graça que o senhor não tinha absolutamente; procure se desfazer dela, ou farei a brincadeira de mau gosto de mandar retirarem todos os espelhos". Philippe estava embaraçado; não sabia como disfarçar uma ausência que estava planejando. Aliás, era bem verdade que não parava de examinar nos espelhos se tinha cara de velho.

No dia seguinte, retomou sua posição na mata de que falamos e de onde podia ver o lago tão bem; colocou-

-se ali munido de uma boa luneta e somente abandonou o abrigo com a *noite fechada*, como se diz na região.

No outro dia, levou um livro; no entanto, teria sentido dificuldade em dizer o que havia nas páginas que estava lendo; por outro lado, se não tivesse o livro, teria querido um. Enfim, para seu inexprimível prazer, por volta das três horas viu Ernestine avançar lentamente na direção da alameda de plátanos na beira do lago; ele a viu tomar a direção do passeio, usando um grande chapéu de palha italiana. Ela se aproximou da árvore fatal; sua aparência estava abatida. Com a ajuda da luneta, ele se assegurou perfeitamente da aparência abatida. Ele a viu pegar os dois buquês que depositara ali pela manhã, enfiá-los num lenço e desaparecer correndo com a velocidade de um raio. Esse gesto tão simples arrematou a conquista do seu coração. A ação foi tão rápida, tão ágil, que ele não teve tempo de ver se Ernestine tinha conservado o ar triste ou se a alegria brilhava em seus olhos. O que deveria pensar dessa curiosa manobra? Será que ela iria mostrar os buquês a sua governanta? Nesse caso, Ernestine era apenas uma criança, e ele mais criança do que ela por se ocupar de tal maneira de uma menina. "Felizmente ela não sabe o meu nome; apenas eu sei da minha loucura, e já me perdoei muitas outras".

Philippe abandonou seu recanto com um ar sombrio, e foi todo pensativo procurar seu cavalo, que deixara na casa de um camponês a meia légua de lá. "É preciso convir que estou agindo como um grande louco!", disse a si mesmo ao colocar os pés no pátio do castelo da sra. Dayssin. Ao entrar no salão, tinha uma figura imóvel, espantada, fria. Ele não amava mais.

No dia seguinte, Philippe se achou bem velho ao colocar sua gravata. A princípio não sentia a mínima vontade de cavalgar três léguas para se acocorar no meio do mato a fim de observar uma árvore; mas não sentiu vontade de ir para nenhum outro lugar. "Isto está ficando um tanto ridículo", dizia a si mesmo. Sim, mas ridículo aos olhos de quem? Aliás, não se deve jamais desdenhar a fortuna. Ele se pôs a escrever uma carta muito bem feita, na qual, como um outro Lindor,[6] declarava seu nome e suas qualidades. Essa carta tão bem composta teve, como talvez nos lembremos, a infelicidade de ser queimada sem ter sido lida por ninguém. As palavras da carta que nosso herói escreveu com mais descaso, a assinatura *Philippe Astézan*, foram as únicas a receber a honra da leitura. Apesar de uma profusão de argumentos contrários, nosso homem sensato encontrava-se como um tolo escondido em seu simples abrigo no momento em que seu nome produziu tanto efeito; ele viu o desmaio de Ernestine ao abrir a carta; seu espanto foi extremo.

No dia seguinte, foi obrigado a confessar a si mesmo que estava apaixonado; suas ações provavam isso. Ele voltou todos os dias ao bosque onde fora tomado de sensações tão intensas. Como a sra. Dayssin devia retornar logo a Paris, Philippe escreveu uma carta para si mesmo e anunciou que ia deixar o Dauphiné para passar alguns dias na Borgonha junto de um tio doente. Ele pegou a mala postal, mas voltou rapidamente por outra estrada de modo que não passou nem um dia sem ir ao bosque. Estabeleceu-se a duas léguas do castelo do

[6]Lindor: nome que o Comte Almaviva usa para seduzir Rosine em *O barbeiro de Sevilha*, de Beaumarchais (1732–1799).

conde de S... no isolamento das montanhas do Crossey, do lado oposto ao castelo da sra. Dayssin, e todos os dias vinha de lá até as margens do pequeno lago. Ali esteve 33 dias seguidos sem ver Ernestine. Ela não aparecia mais na igreja; a missa era dita no castelo. Ele se aproximou sob um disfarce e duas vezes teve a felicidade de ver a menina. Nada lhe parecia poder igualar sua expressão ao mesmo tempo nobre e ingênua. Ele se dizia: "Perto de tal mulher jamais conhecerei a saciedade". O que mais tocava Astézan era a extrema palidez de Ernestine e seu ar sofredor. Eu poderia escrever dez volumes, como Richardson,[7] se me pusesse a anotar todas as maneiras como esse homem — que aliás não era desprovido nem de bom senso nem de experiência — explicava o desmaio e a tristeza de Ernestine. Enfim resolveu esclarecer-se com ela, e para tanto devia penetrar no castelo. A timidez — ser tímido aos 35 anos! —, a timidez o havia por muito tempo impedido. Tomou as providências necessárias com todo o espírito que tinha, e no entanto, sem o acaso que colocou na boca de uma pessoa indiferente a partida da sra. Dayssin, toda a habilidade de Philippe teria sido vã, ou ao menos ele só teria podido ver o amor de Ernestine em sua cólera. Provavelmente ele teria explicado essa cólera pelo espanto de se ver amada por um homem da sua idade. Philippe teria acreditado que era desprezado e, para esquecer esse sentimento doloroso, teria recorrido ao jogo ou aos bastidores da ópera, e teria se tornado mais egoísta e

[7]Samuel Richardson (1689–1761), editor e escritor inglês, autor de *Pamela* e *Clarissa*, longos romances epistolares.

mais amargo pensando que a juventude havia acabado para ele.

Um *meio-fidalgo*, como se diz na região, rapaz de uma aldeia da montanha e camarada de Philippe na caça à camurça, consentiu em levá-lo, sob o disfarce de seu criado, para o grande jantar do castelo de S..., onde foi reconhecido por Ernestine.

Esta, sentindo que enrubescia prodigiosamente, teve uma ideia terrível: "Ele vai pensar que eu o amo levianamente, sem conhecê-lo; ele me desprezará como uma criança, partirá para Paris, reencontrará sua sra. Dayssin; nunca mais o verei". Essa ideia cruel deu-lhe coragem para se levantar e ir para seus aposentos. Fazia dois minutos que estava ali quando ouviu a porta da antecâmara se abrir. Pensou que era sua governanta e ergueu-se à procura de um pretexto para mandá-la embora. Quando avançava na direção da porta do quarto, esta se abre: Philippe está a seus pés.

— Em nome de Deus, perdoe minha audácia; estou em desespero há dois meses; a senhorita me tomaria por seu esposo?

Esse momento foi delicioso para Ernestine. "Ele está me pedindo em casamento, não devo mais temer a sra. Dayssin". Ela procurava uma resposta severa mas, a despeito de incríveis esforços, não encontrava nada. Esqueceu dois meses de desespero; estava no auge da felicidade. Felizmente, ouviram nesse momento a porta da antecâmara se abrir. Ernestine disse:

— O senhor me desonra.

— Não diga nada! — exclamou Philippe com uma voz contida e, com muita agilidade, escondeu-se entre a parede e a delicada cama de Ernestine, branca e rosa.

Era a governanta, muito inquieta pela saúde de sua pupila — e o estado em que a encontrou só podia aumentar suas inquietações. Essa mulher demorou a ser convencida a ir embora. Enquanto permaneceu no quarto, Ernestine teve tempo de se acostumar com sua felicidade; conseguiu retomar seu sangue-frio. E quando a governanta finalmente partiu, e Philippe arriscou-se a reaparecer, ela lhe deu uma resposta grandiosa.

Ernestine estava tão bela aos olhos de seu amante, a expressão de seus traços era tão severa, que a primeira palavra de sua resposta deu a Philippe a impressão de que tudo o que ele havia pensado até então era pura ilusão, e que não era amado. Sua fisionomia se transformou de repente e apresentou apenas a configuração de um homem em desespero. Tocada até o fundo de sua alma por aquele ar desesperado, Ernestine reuniu entretanto as forças necessárias para despachá-lo. A única lembrança que conservou dessa entrevista singular foi que, quando ele suplicou para que ela lhe permitisse pedir sua mão, ela respondeu que seus negócios, assim como suas afeições, deviam chamá-lo de volta a Paris. Ele exclamara que seu único negócio no mundo era de merecer o coração de Ernestine, que jurava a seus pés não abandonar o Dauphiné enquanto ela ali estivesse e nunca mais em sua vida entrar no castelo onde havia vivido antes de conhecê-la.

Ernestine estava quase no auge da felicidade. No dia seguinte, retornou ao pé do grande carvalho, porém bem escoltada pela governanta e pelo velho botanista. Ela não deixou de ali encontrar um buquê e sobretudo um bilhete. Ao cabo de oito dias, Astézan quase conseguira convencê-la a responder às suas cartas quando

Ernestine soube que a sra. Dayssin havia retornado de Paris para o Dauphiné. Uma viva inquietação substituiu todos os sentimentos no coração de Ernestine. As comadres do vilarejo vizinho — que nessas circunstâncias decidiam sem saber sua sorte, e que ela não perdia uma ocasião de escutar tagarelarem — contaram que a sra. Dayssin, tomada de ódio e de ciúmes, viera buscar seu amante, Philippe Astézan, o qual, ao que parece, tinha permanecido na região com a intenção de se fazer cartuxo. Para se acostumar com as austeridades da ordem, ele tinha se retirado ao isolamento do Crossey. Acrescentavam que a sra. Dayssin estava em desespero.

Ernestine soube alguns dias depois que a sra. Dayssin não tinha conseguido ver Philippe e que voltara furiosa para Paris. Enquanto Ernestine procurava a confirmação dessa doce certeza, Philippe estava também em desespero; ele amava apaixonadamente e acreditava não ser amado. Apresentou-se várias vezes diante dela e foi recebido de maneira a fazê-lo pensar que suas ousadias haviam irritado o orgulho de sua jovem amante. Duas vezes partiu em direção a Paris; duas vezes, após ter percorrido umas vinte léguas, voltou para sua cabana, entre os rochedos do Crossey. Depois de se ter enchido de esperanças, que agora pensava terem sido concebidas à ligeira, tentou renunciar a seu amor, e considerava todos os outros prazeres da vida extintos para si.

Ernestine, mais feliz, era amada e amava. O amor reinava nessa alma que vimos passar sucessivamente pelos sete períodos que separam a indiferença da paixão, e dos quais o ser vulgar percebe apenas uma única transformação, da qual mal consegue explicar a natureza.

Quanto a Philippe Astézan, a fim de puni-lo por ter abandonado uma boa amiga às proximidades do que podemos chamar, no caso das mulheres, de idade da velhice, deixamos que soçobre num dos mais cruéis estados em que pode afundar a alma humana. Ele foi amado por Ernestine, mas não conseguiu obter sua mão. Casaram-na no ano seguinte com um velho tenente-general muito rico e cavaleiro de numerosas ordens.

# APÊNDICE

# DO AMOR (EXCERTOS)



## CAPÍTULO I — DO AMOR

Meu intuito é deslindar essa paixão cujos desenvolvimentos sinceros têm sempre um caráter de beleza.

Existem quatro amores diferentes:

1. O amor-paixão. Aquele da religiosa portuguesa,[1] o de Heloísa por Abelardo,[2] o do capitão de Vésel, o do sargento de Cento.[3]

2. O amor-gosto. O que reinava em Paris por volta de 1760 e que encontramos em ensaios e romances daquela época, em Crébillon, Lauzun, Duclos, Marmontel, Chamfort, Madame d'Épinay,[4] etc. etc.

   É como um quadro no qual tudo, até as sombras, tem de ser pincelado de cor-de-rosa, e no qual não deve entrar nada de desagradável, sob nenhum pretexto, e sob pena de atentar contra os bons costumes, o bom-tom, a delicadeza etc. Um homem bem-nascido conhece de antemão todas as maneiras de proceder e tudo o que acontece nas diversas fases desse amor. Como é desprovido de paixão ou de imprevistos, tem em geral mais finura que o verdadeiro amor, pois tem sempre muito espírito. Comparado a uma pintura dos Carraches,[5] é uma miniatura fria e graciosa. E enquanto o amor-paixão nos arrebata para além de todos os nossos interesses, o amor-gosto sabe sempre se conformar a eles. É verdade que, se retiramos a vaidade desse pobre amor, sobra bem pouca coisa; privado de vaidade é um convalescente debilitado que mal consegue se arrastar.

3. O amor físico. É quando, durante uma caçada, encontra-se uma camponesa bela e jovem correndo pelo bosque. Todo mundo conhece o amor fundado nesse tipo de prazer; por mais árida e infeliz que seja a personalidade, começa-se por aí aos dezesseis anos.

4. O amor de vaidade. A imensa maioria dos homens, sobretudo na França, deseja possuir uma mulher da moda, como se possui um belo cavalo, como algo necessário ao luxo de um jovem rapaz. A vaidade, mais ou menos satisfeita, mais ou menos exasperada, faz nascer os transportes amorosos. Algumas vezes o amor físico está presente, mas nem sempre; muitas vezes não há nem mesmo prazer físico. Para um burguês, uma duquesa nunca tem mais de trinta anos, dizia a duquesa de Chaulnes;[6] e os frequentadores da corte do rei Luís da Holanda,[7] esse homem tão justo, lembram-se ainda com alegria de uma bela moça de La Haye que não conseguia deixar de achar encantador qualquer homem que fosse duque ou príncipe. Porém, fiel ao princípio monárquico, assim que um príncipe chegava à corte, o duque era despachado: era como a condecoração do corpo diplomático.

Os casos mais felizes nessas relações rasas são aqueles em que o prazer físico intensifica-se pelo hábito. As lembranças fazem com que tais relações se pareçam um pouco com o amor: sente-se a farpa do amor-próprio e tristeza quando se é abandonado; e, assaltados por ideias românticas, acreditamos estar apaixonados e melancólicos, pois a vaidade aspira a ser uma grande paixão. O certo é que, seja qual for a espécie de amor à qual devemos nossos prazeres, a partir do momento em que existe exaltação da alma, eles se tornam vívidos e suas lembranças arrebatadoras; e nesse gênero de paixão, ao contrário da maior parte das outras, a lembrança do que se perdeu parece estar sempre acima do que quer que se possa esperar do futuro.

Algumas vezes, no amor de vaidade, o hábito — ou o desespero de encontrar algo melhor — produz uma espécie de amizade, a menos amável de todas; que se gaba de sua *segurança* etc.[8]

Por ser da nossa natureza, o prazer físico é conhecido de todos, mas ocupa apenas uma posição subordinada aos olhos das almas sensíveis e apaixonadas. Se parecem ridículas nos salões, muitas vezes acabam infelizes pelas intrigas da sociedade. Por outro lado, conhecem prazeres para sempre inacessíveis aos corações que batem apenas pela vaidade ou o dinheiro.

Algumas mulheres virtuosas e sensíveis praticamente não têm ideia do que seja o prazer físico; expuseram-se raramente a ele, por assim dizer, e mesmo quando isso aconteceu, os transportes do amor-paixão quase as fizeram esquecer os prazeres do corpo.

Certos homens são vítimas de um orgulho infernal, de um orgulho à Alfieri.[9] Essas pessoas, que talvez sejam cruéis, porque, como Nero,[10] sempre tremem, julgando todos os homens segundo seu próprio coração, essas pessoas, repito, não podem alcançar o prazer físico a não ser que ele venha acompanhado da maior fruição de orgulho possível, ou seja, desde que exerçam crueldades sobre a companheira de seus prazeres. Daí os horrores de *Justine*.[11] Esses homens não encontram a sensação de segurança por menos.

Aliás, em vez de distinguir quatro amores diferentes, poderíamos muito bem admitir oito ou dez nuanças. Existem provavelmente tantas maneiras de sentir entre os homens quanto há maneiras de ver. Mas essas diferenças na nomenclatura em nada afetam o raciocínio que se segue. Todos os amores que observamos em nosso mundo nascem, vivem e morrem — ou elevam-se à imortalidade — segundo as mesmas leis.[12]

## CAPÍTULO II — DO NASCIMENTO DO AMOR

Eis o que se passa na alma:

1. Admiração.

2. Dizemos a nós mesmos: "Que prazer dar-lhe beijos, receber mimos! etc."

3. Esperança.

   Estudamos as perfeições. É nesse momento que uma mulher deveria se entregar, de modo a conseguir o maior prazer físico possível. Mesmo entre as mulheres mais reservadas, os olhos enrubescem no momento da esperança; a paixão é tão forte, o prazer tão intenso, que ele se trai através de sinais evidentes.

4. O amor nasceu.

Amar é ter prazer em ver, tocar, sentir através de todos os sentidos, e de tão perto quanto possível, o objeto amável e que nos ama.

5. A primeira cristalização começa.

Aprazemo-nos em adornar com mil perfeições a mulher de cujo amor estamos certos; elaboramos toda a nossa felicidade com uma complacência infinita. Isso consiste em exagerar alguma propriedade sublime que acaba de nos cair do céu, que não conhecíamos, mas de cuja posse estamos seguros.

Deixe a cabeça de um amante trabalhar por 24 horas, e eis o que encontrará.

Nas minas de sal de Salzburgo, em suas profundezas abandonadas, joga-se um galho de árvore desfolhado pelo inverno; dois ou três meses depois, ele é retirado recoberto de cristalizações cintilantes: os ramos pequenos, que não são maiores do que as patas de um chapim, estão adornados com uma infinidade de minúsculos diamantes fúlgidos e ofuscantes; não se reconhece mais o galho original.

O que chamo de cristalização é a operação do espírito que retira de tudo o que se apresenta a descoberta de novas perfeições no objeto amado.

Um viajante fala da frescura dos bosques de laranjeiras de Gênova, à beira-mar, durante os dias ardentes do verão. Você pensa no prazer de experimentar essa frescura com ela!

Um companheiro seu quebra o braço durante uma caçada. E você imagina a doçura de receber os cuidados da mulher amada! Estar sempre com ela e vê-la sempre amorosa, isso quase o faria abençoar a dor; você se afasta do braço quebrado de seu amigo para não ter mais dúvidas sobre a bondade angélica da sua amante. Em suma, basta pensar em uma perfeição para vê-la em quem amamos.

Esse fenômeno, que me permito chamar de *cristalização*, vem da natureza que nos ordena a sentir prazer e que nos envia sangue ao cérebro, do sentimento de que os prazeres aumentam com as perfeições do objeto amado, e da ideia: ela é minha. O homem selvagem não tem tempo de ir além do primeiro passo. Ele sente prazer, mas toda a atividade de seu cérebro é empregada para correr atrás do cervo que foge pela mata, com cuja carne ele pode recompor suas forças o mais rapidamente possível sob pena de cair sob o machado de seu inimigo.

Na outra extremidade da civilização, não tenho dúvidas de que uma mulher sentimental chegue ao ponto de só encontrar prazer físico junto ao homem que ela ama.[13] É o contrário do selvagem. Mas, nas nações civilizadas, a mulher tem tempo de sobra, e o selvagem está tão próximo de seus negócios que é obrigado a tratar sua fêmea como uma besta de carga. Se as fêmeas de muitos animais são mais felizes, é porque a subsistência dos machos é mais segura.

Mas deixemos as florestas para retornar a Paris. Um homem apaixonado vê todas as perfeições naquela que ama; no entanto sua atenção pode ainda ser distraída, pois a alma farta-se de tudo que é invariável, até mesmo da felicidade completa.[14]

Eis o que sobrevém para fixar a atenção:

6. A incerteza nasce.

Depois que dez ou doze olhares — ou qualquer outra série de ações que podem durar de um momento a diversos dias — primeiro deram e depois confirmaram suas esperanças, o amante, refeito de seu primeiro espanto, acostumado agora a sua felicidade, ou guiado pela teoria que, sempre baseada nos casos mais comuns, deveria concernir apenas às mulheres fáceis, o amante quer garantias mais positivas e quer roborar sua felicidade.

Mas caso demonstre excesso de segurança, ele se depara com a indiferença,[15] a frieza ou até mesmo a cólera; na França, uma sutileza irônica parece dizer: "Você pensa que está mais avançado do que de fato está". Uma mulher se conduz assim ou por ter despertado de um momento de embriaguez, estando pronta agora a obedecer ao pudor, ou por temer ter cometido alguma transgressão, ou simplesmente por prudência ou faceirice.

O amante chega a duvidar da felicidade que se prometera; fica mais cético quanto às razões para ter esperança que acreditou ter observado.

Ele quer voltar aos outros prazeres da vida, *mas todos foram destruídos*. O temor de uma terrível infelicidade o toma e, com ele, uma profunda introspecção.

7. Segunda cristalização.

Então começa a segunda cristalização, cujos diamantes são a confirmação desta ideia: Ela me ama.

Na noite que se segue ao nascimento das incertezas, após um momento de infelicidade atroz, a cada meia hora o amante diz a si mesmo: "Sim, ela me ama". E a cristalização recomeça a descobrir novos charmes; então uma incerteza aterrorizante apropria-se dele, e o refreia de supetão. Seu peito esquece de respirar; ele se pergunta: "Mas será que ela me ama?" Em meio a essas alternativas deliciosas e desesperadoras, o pobre amante sente vigorosamente: "Ela poderia me dar prazeres que só ela, em todo o mundo, é capaz de me proporcionar."

É a evidência dessa verdade, é esse percurso sobre a beirada mais extrema de um precipício apavorante, do qual a felicidade completa está ao alcance da mão, o que dá superioridade à segunda cristalização sobre a primeira.

O amante vagueia incessantemente entre três ideias:

1. Ela tem todas as perfeições;
2. Ela me ama;
3. Como fazer para obter dela a maior prova de amor possível?

O momento mais agonizante do amor ainda jovem é quando se percebe que desenvolvemos um raciocínio falso e que é preciso destruir toda uma parte da cristalização.

Fica-se incerto quanto à própria cristalização.

## CAPÍTULO III — DA ESPERANÇA

Basta um minúsculo grão de esperança para provocar o nascimento do amor.

A esperança pode então desaparecer ao fim de dois ou três dias, mas a essa altura o amor já nasceu.

Numa personalidade decidida, temerária, impetuosa, dotada de uma imaginação que se desenvolveu em consequência das infelicidades da vida, a porção de esperança pode ser menor.

E ela pode minguar mais cedo, sem matar o amor.

Se o amante já viveu alguma desgraça, se tem o caráter sensível e contemplativo, se não espera mais nada das outras mulheres, se tem uma admiração intensa por aquela que o cativou, nenhum prazer comum poderá distraí-lo da segunda cristalização. Ele preferirá sonhar com a eventualidade mais improvável de um dia agradá-la a receber de uma mulher qualquer tudo o que essa pode oferecer.

Seria preciso que nesse momento — e nem um pouco depois, note bem — a mulher amada matasse todas as esperanças de maneira atroz, cobrindo-o com aquele desprezo público que não permite mais rever as pessoas.

O nascimento do amor admite prazos muito mais longos entre cada uma dessas épocas.

Ele exige muito mais esperança — e uma esperança muito mais pronunciada — das pessoas frias, fleumáticas e prudentes. Assim como das pessoas mais velhas.

O que garante a duração do amor é a segunda cristalização, durante a qual percebemos a cada instante que as únicas opções são: ser amado ou morrer. Como, imbuído todos os minutos dessa convicção, que se tornou um hábito após tantos meses de amor, seria possível conceber a ideia de deixar de amar? Quanto mais forte o caráter, menos sujeito à inconstância.

A segunda cristalização praticamente não ocorre quando o amor é inspirado por mulheres que se entregam rápido demais.

Assim que as cristalizações se realizam, sobretudo a segunda, que é de longe a mais forte, olhos indiferentes não reconhecem mais o galho original da árvore.

Pois, para começar, o ramo está agora ornado de perfeições, ou diamantes, que tais olhos não enxergam.

Segundo, ele está ornado de perfeições que não são para eles.

A perfeição de certos encantos que um antigo amigo de sua bela menciona, e uma certa nuança de vivacidade percebida em seus olhos, são um diamante da cristalização[16] de Del Rosso.[17] Essas ideias vislumbradas à tarde, fazem-no sonhar toda uma noite.

Uma réplica imprevista — que me faz descobrir mais claramente uma alma sensível, generosa, ardente ou, como se diz vulgarmente, *romanesca*,[18] e que coloca acima da felicidade dos reis o simples prazer de passear sozinho com seu amante à meia-noite, em um bosque afastado — também é capaz de me fazer sonhar a noite toda.[19]

Ele dirá que minha amante é uma dissimulada; eu direi que a dele é uma *rapariga*.

## CAPÍTULO IV

Numa alma perfeitamente indiferente — uma menina vivendo num castelo isolado, nos confins de uma província distante — a menor novidade pode levar a uma pequena admiração, e, caso a mais leve esperança sobrevenha, ela provoca o nascimento do amor e a cristalização.

Nesse caso, o amor agrada primeiro por ser divertido.

A novidade e a esperança são poderosamente auxiliadas pela necessidade de amor e pela melancolia que se tem aos dezesseis anos. É bem sabido que a inquietação dessa idade é, no fundo, uma sede de amar, e o próprio da sede é de não ser excessivamente exigente quanto à natureza da bebida que o acaso lhe apresenta.

Recapitulemos as sete épocas do amor. São elas:

1. Admiração;

2. Que prazer, etc.;

3. Esperança;

4. O amor nasceu;

5. Primeira cristalização;
6. Surge a incerteza;
7. Segunda cristalização.

Pode-se passar um ano entre o item nº 1 e o nº 2.

Um mês entre o nº 2 e o nº 3. Se a esperança demora a vir, renunciamos insensivelmente ao nº 2 como sendo de mau agouro.

Um piscar de olhos entre o nº 3 e o nº 4.

Não há intervalo entre o nº 4 e o nº 5. Eles só poderiam ser separados pela intimidade.

Podem-se passar alguns dias, segundo o grau de impetuosidade e a ousadia do caráter, entre os nºˢ 5 e 6. E não há intervalo entre o nº 6 e o nº 7.

## CAPÍTULO V

O homem não é livre para deixar de fazer o que, de todas as outras ações possíveis, lhe dá mais prazer.[20]

O amor é como a febre: nasce e vai embora sem que a vontade tenha a menor participação. Essa é uma das principais diferenças entre o amor-gosto e o amor-paixão, e só podemos nos felicitar das belas qualidades de quem amamos como de um feliz acaso.

Enfim, o amor é para todas as idades: veja a paixão da senhora Du Deffant pelo pouco atraente Horace Walpole.[21] Em Paris talvez ainda se lembrem de um exemplo mais recente e sobretudo mais aprazível.

Como prova das grandes paixões, admito apenas suas consequências mais ridículas: por exemplo, a timidez é uma prova de amor; não estou falando aqui daquela vergonha fingida na porta da escola.

A cristalização praticamente não para de operar quando há amor. Eis o que acontece: enquanto ainda não se está em bons termos com a pessoa amada, existe a cristalização como *solução imaginária*; é apenas pela imaginação que você tem certeza que tal perfeição existe na mulher que você ama. Após a intimidade, os temores — que renascem a todo momento — são tranquilizados por soluções mais reais. Assim, a felicidade só é uniforme em sua fonte. Cada dia faz brotar uma flor diferente.

Se a mulher amada cede a sua paixão e cai no terrível erro de acabar com os temores graças à intensidade de seus transportes amorosos,[22] a cristalização deixa de operar por um momento. Mas, quando o amor perde a intensidade, quer dizer, os temores diminuem, ele adquire o encanto do abandono total, da confiança sem limites; um manso hábito vem embotar todas as dores da vida e dar aos prazeres um outro tipo de interesse.

Caso o amante seja abandonado, a cristalização recomeça; e cada ato de admiração, o vislumbre de cada felicidade que ela pode lhe proporcionar mas que você não imagina mais possível, termina com esta reflexão agonizante: "Essa felicidade tão deliciosa, eu *nunca* a reencontrarei! E a culpa de tê-la perdido é toda minha!" Pois se você procurar a felicidade em outras espécies de sensações, seu coração se recusa a senti-las. Sua imaginação consegue colocá-lo na posição física correta, senta-o num rápido cavalo de caça, que corre pelos bosques de Devonshire;[23] mas você sabe, sente perfeitamente que não experimentará nenhum prazer. É como o erro óptico produzido pelo tiro de revólver contra um alvo.

O jogo também tem sua cristalização, provocada pelo pensamento do emprego que você fará do dinheiro que conta ganhar.

Se os jogos da corte, dos quais os nobres sentem tantas saudades, em nome da legitimidade, eram tão cativantes, era por causa da cristalização que provocavam. Não havia cortesão que não sonhasse com a fortuna rápida de um Luynes ou de um Lauzun,[24] ou dama da corte que não tivesse em vista o ducado da senhora de Polignac.[25] Nenhum governo dotado de razão pode recriar esse tipo de cristalização. Nada é mais anti-imaginação quanto o governo dos Estados Unidos da América. Vimos acima como seus vizinhos, os selvagens, praticamente não conheciam a cristalização. Os romanos não tinham a menor ideia e só a descobriam no amor físico.

O ódio tem sua cristalização: a partir do momento que temos a esperança de nos vingar, recomeçamos a odiar.

Se toda crença onde há algo de *absurdo* ou *não demonstrado* tende a colocar à frente de seus seguidores as pessoas mais absurdas, isso é mais um dos efeitos da *cristalização*. Até mesmo em matemática existe cristalização (veja os newtonianos em 1740), nas mentes que não conseguem se representar o tempo todo todas as partes da demonstração daquilo que acreditam.

A prova está no destino dos grandes filósofos alemães, cuja imortalidade, tantas vezes proclamada, nunca passa de trinta ou quarenta anos.

É porque não consegue explicar a *razão* de seus

sentimentos que o homem mais ajuizado é fanático por música.



Não podemos demonstrar a bel-prazer que temos razão contra um tal contraditor.

## CAPÍTULO VII — DAS DIFERENÇAS ENTRE O NASCIMENTO DO AMOR NOS DOIS SEXOS

As mulheres se afeiçoam pelas amabilidades. Como dezenove em vinte de suas divagações habituais concernem ao amor, após a intimidade, esses pensamentos se reúnem em torno de um único objeto: justificar uma conduta tão extraordinária, tão decisiva, tão contrária a todos os hábitos recatados. Esse trabalho de justificativa não existe nos homens. Em seguida a imaginação das mulheres esmiúça preguiçosamente os instantes tão deliciosos.

Como o amor nos faz desconfiar das coisas mais certas, logo que essa mulher, que antes da intimidade estava tão segura de que seu amante era um homem acima do vulgar, logo que ela passa a acreditar que não tem mais nada a lhe recusar, teme que ele só tenha querido adicionar mais um nome a sua lista.

Só então começa a segunda cristalização, que, por vir acompanhada de apreensão, é de longe a mais forte.[26]

Uma mulher acredita que, de rainha, foi feita escrava. Esse estado da alma e do espírito forma-se em virtude da embriaguez nervosa que os prazeres — tanto mais sensíveis quanto mais raros — fazem nascer. Enfim, diante de seu bordado, desse trabalho insípido que ocupa apenas as mãos, a mulher pensa em seu amante, enquanto este, galopando pelos campos com sua tropa, pode ser preso caso faça uma manobra errada.

Acredito portanto que a segunda cristalização é muito mais forte nas mulheres porque o temor é mais intenso: a vaidade, a honra estão comprometidas, e além disso as distrações são mais difíceis.

Uma mulher não pode ser guiada pelo hábito da racionalidade que eu, enquanto homem, adquiro necessariamente em meu escritório, trabalhando seis horas por dia em assuntos frios e objetivos. Mesmo fora do amor, elas têm mais inclinação a se abandonar à imaginação e a uma constante exaltação; o desaparecimento dos defeitos do objeto amado é portanto mais rápido.

As mulheres preferem a emoção à razão. É simples assim: como em virtude dos nossos tolos costumes elas não são encarregadas de nenhuma negócio em casa, *a razão nunca lhes é necessária*, portanto nunca sentem que ela serve para alguma coisa.

Ao contrário, ela lhes é *sempre perniciosa*, pois só aparece para censurá-las por terem sentido prazer ontem, ou para ordenar que não sintam prazer amanhã.

Peça para que sua mulher cuide dos negócios com os trabalhadores de algumas de suas terras, aposto que os registros serão melhor mantidos do que por você, e então, triste déspota, você terá ao menos o *direito* de reclamar, já que não tem o talento de se fazer amar. A partir do momento em que as mulheres começam a utilizar o raciocínio para assuntos gerais, elas fazem amor sem nem perceber. Nas coisas minuciosas, elas se orgulham de serem mais rigorosas e mais exatas que os homens. A metade do comércio popular é confiada às mulheres, que cumprem a tarefa melhor que seus maridos. É uma máxima conhecida aquela segundo a qual não poderíamos ser sérios demais ao falar de negócios com elas.

É porque elas estão sempre ávidas de emoção: veja os prazeres dos funerais na Escócia.

## CAPÍTULO VIII

This was her favoured fairy realm, and here she erected her aerial palaces.[27]

*The Bride of Lammermoor*, I, 70.

Uma menina de dezoito anos não tem bastante cristalização em seu poder, concebe desejos limitados demais, pelo pouco de experiência que tem das coisas da vida, para ser capaz de amar com a mesma paixão que uma mulher de 28.

Esta noite eu expus essa doutrina a uma mulher espirituosa que pretendia o contrário.

"— Como a imaginação de uma menina não foi arrefecida por nenhuma experiência desagradável, e o fogo da primeira juventude queima ainda com toda a força, é possível que ela crie uma imagem deslumbrante de qualquer homem. Todas as vezes que encontrar seu amante ela desfrutará, não do que ele é de fato, mas dessa imagem deliciosa que ela criou dele.

"Mais tarde, desiludida com esse amante e com todos os homens, a experiência da triste realidade diminui seu poder de cristalização e a desconfiança corta as asas da sua imaginação. Ela não mais poderá criar uma imagem tão estimulante de qualquer homem que aparecer, ainda que ele seja um prodígio; portanto ela não poderá mais amar com o mesmo fogo da primeira juventude. E, como no amor só tiramos prazer da ilusão que criamos, a imagem que ela será capaz de conceber aos 28 anos nunca terá o mesmo brilho ou o mesmo esplendor que aquela sobre a qual estava fundado seu primeiro amor, aos dezesseis. E o segundo amor sempre parecerá de uma espécie degenerada.

"— Não, minha senhora, a presença da desconfiança, que não existia aos dezesseis, é evidentemente o que dará uma cor diferente a esse segundo amor. Na primeira juventude, o amor é como um imenso rio que carrega tudo em seu curso, e ao qual sentimos que não conseguiremos resistir. Ora, uma alma sensível se conhece aos 28 anos; ela sabe que se ainda há felicidade para ela na vida, tem de procurá-la no amor; e uma terrível batalha entre o amor e a desconfiança estabelece-se nesse pobre coração agitado. A cristalização se faz lentamente; mas a que sai vitoriosa desse terrível combate, no qual a alma executa todos os movimentos percebendo-se continuamente diante do mais terrível perigo, é mil vezes mais brilhante e mais sólida que a cristalização dos dezesseis anos, na qual, pelo privilégio da idade, tudo era alegria e felicidade.

"Portanto o amor deve ser menos alegre e mais cheio de paixão."[28]

Essa conversa (Bolonha, 9 de março de 1820), que contradiz um ponto que me parecia tão evidente, faz-me acreditar cada vez mais que um homem não pode dizer quase nada de objetivo quanto ao que se passa no fundo do coração de uma mulher sensível. Quando se trata de uma coquete, é diferente: também temos sensualidade e vaidade.

A discrepância entre o nascimento do amor nos dois sexos deve advir da natureza da esperança, que não é a mesma. Um ataca e o outro defende; um pede e o outro recusa; um é ousado e o outro tímido.

O homem diz a si mesmo: "Vou conseguir agradá-la? Ela vai querer me amar?"

E a mulher : "Não é apenas para se divertir que ele diz que me ama? Ele tem um caráter sólido? Consegue assegurar a si mesmo a constância de seus sentimentos?" É assim que muitas mulheres consideram e tratam como uma criança um rapaz de 23 anos. Mas se ele já participou de seis campanhas, tudo muda, é um jovem herói.

No homem, a esperança depende simplesmente das ações do objeto amado; nada mais fácil de interpretar. Nas mulheres, a esperança deve estar fundada em considerações morais muito mais difíceis de avaliar. A maior parte dos homens solicita uma prova de amor, que eles consideram suficiente para dissipar qualquer incerteza; as mulheres não são felizes o bastante para conseguirem encontrar uma tal prova. Além disso a vida tem essa infelicidade: o que proporciona segurança e felicidade a um dos amantes oferece perigo e até mesmo humilhação ao outro.

No amor, os homens correm o risco de sofrer um tormento secreto e as mulheres de exporem-se às zombarias públicas. Elas são mais tímidas e, aliás, a opinião está muito mais contra delas, pois "Seja bem considerada, é preciso".[29]

Elas não têm um meio seguro de subjugar a opinião expondo um instante de sua vida.

As mulheres devem portanto ser muito mais desconfiadas. Em virtude de seus hábitos, todos os movimentos intelectuais que formam as épocas do nascimento do amor são mais suaves nelas, mais tímidos, mais lentos, menos decididos; há portanto mais disposição à constância; elas desistem menos facilmente de uma cristalização que já se iniciou.

Ao ver seu amante, uma mulher tem que pensar rápido ou se entregar à felicidade de amar, felicidade que lhe é desagradavelmente retirada caso ele faça o menor ataque, pois é preciso abandonar os prazeres e correr às armas.

O papel do amante é mais simples. Ele fita os olhos de quem ama: um simples sorriso poder levá-lo ao auge da felicidade, e ele busca desesperadamente obtê-lo.[30] Um homem sente-se humilhado com a duração do cerco; esse longo tempo, por outro lado, faz a glória de uma mulher.

Uma mulher é capaz de amar e ao mesmo tempo não dizer senão dez ou doze palavras durante todo um ano ao homem que ela prefere. Ela anota no fundo de seu coração o número de vezes que o viu; conta que foi duas vezes com ele ao espetáculo, duas vezes encontrou-se com ele num jantar, ele a cumprimentou três vezes no parque.

Uma noite, durante um jogo, ele beijou sua mão. Percebe-se que a partir de então ela não mais permite, sob nenhum pretexto, e mesmo correndo o risco de parecer estranha, que ninguém lhe beije a mão.

Num homem, chamariam a essa maneira de agir de "amor feminino", dizia-nos Léonore.[31]

[1] Sóror Mariana Alcorofado (1640–1723). Suas *Cartas portuguesas*, que falam de sua intensa paixão por um oficial francês, foram publicadas anonimamente em francês pelo livreiro Claude Barbin em 1669.

[2] Heloísa de Paráclito (1101–1164) foi uma freira francesa conhecida por seu amor e correspondência com o filósofo Pedro Abelardo (1079–1142) que contou seu relacionamento com Heloísa em sua *História das minhas calamidades.*

[3] Em diversas ocasiões os amigos do sr. Beyle lhe perguntaram quem eram esse capitão e esse sargento; ele respondia que esquecera a história deles. [Nota do editor original.]

[4] Prosper Jolyot de Crébillon (1674–1762), poeta francês famoso por suas tragédias, dentre as quais *Idomeneu.* Armand Louis de Gontaut-Biron (1747–1793), duque de Lauzun, grande soldado, escreveu memórias relatando seus sucessos nas guerras e entre as mulheres. Charles Pinot Duclos (1704–1772), escritor e historiador francês, mais conhecido por suas *Considérations sur les mœurs de ce siècle.* Jean-François Marmontel (1723–1799), escritor e historiador francês, membro do movimento enciclopedista. Sébastien-Roch Nicolas (1740–1794), que adotou o nome de Nicolas de Chamfort, foi um poeta, jornalista, humorista e moralista francês. Louise d'Épinay (1726–1783) foi uma escritora francesa, famosa por suas *Memórias e correspondências*, com celebridades como Diderot, Rousseau e d'Alembert.

[5] Os irmãos e primo Carrache, Annibal (1560–1609), Augustin (1557–1602) e Ludovic (1555–1619) eram artistas italianos famosos pela exuberância de suas formas.

[6] Marie-Paule Angelique d'Albert de Luynes (1744–1781), a duquesa de Chaulnes, foi dama de companhia de Maria Antonieta.

[7] Luís Napoleão Bonaparte (1778–1846), quarto irmão do imperador francês, foi instaurado Rei da Holanda em 1806.

[8] Famoso diálogo entre Pont de Veyle e a senhora Du Deffant, junto à lareira. [Nota do Autor.] O conde de Pont-de-Veyle (1697–1774), autor dramático e administrador francês, teve um romance com a senhora Du Deffant (1697–1780), mulher letrada famosa por seu salão literário, que durou 56 anos. O famoso diálogo foi

publicado na obra *Paris, Versailles et les provinces au 18ème siècle*, de 1823:

— Pont-de-Veyle!

— Minha senhora!

— Onde está?

— Junto à lareira.

— Deitado, com os pés sobre o porta-lenha, como se faz quando se está na casa de amigos?

— Sim senhora.

— Temos de convir que existem pouquíssimas relações tão antigas quanto a nossa.

— É verdade.

— São cinquenta anos?

— Sim, mais de cinquenta.

— E nesse grande intervalo, nenhuma sombra, nem mesmo a aparência de uma disputa?

— É o que sempre admirei.

— Mas, senhor Pont-de-Veyle, isso não viria do fato de que no fundo da alma nós sempre fomos bastante indiferentes um ao outro?

— Poderia ser isso mesmo, senhora." [Nota da Tradutora.]

[9] Vittorio Alfieri (1749–1803), dramaturgo e ensaísta italiano, que escreveu contra a tirania: "Há uma classe de pessoas que faz prova e se gaba com orgulho de ser 'ilustre' há várias gerações, muito embora há tempos permaneça numa ociosa inutilidade. Trata-se da nobreza" (*A tirania*).

[10] Nero Cláudio César Augusto Germânico (37 a.C.–68 d.C.), foi um imperador romano cujo reinado costuma ser associado à tirania e à extravagância.

[11] Justine é a protagonista de *Justine ou os infortúnios da virtude*, primeira obra do Marquês de Sade (1740–1814 ), no qual a heroína deve suportar as piores crueldades imagináveis.

[12] Este livro foi livremente traduzido de um manuscrito italiano do sr. Lisio Visconti, jovem da mais alta distinção, que acaba de morrer em Volterra, sua terra natal. No dia de sua morte inesperada ele permitiu que o tradutor publicasse seu ensaio sobre *O amor*, caso encontrasse meio de reduzi-lo a uma forma honesta. (Castel Florentino, 10 de junho de 1816.) [Nota do Autor.] Essa nota do

autor é pura ficção, artimanha literária para justificar a origem do texto, cuja autoria é do início ao fim de H. Beyle, baseado em suas experiências pessoais. Aliás, a referência a Volterra é bastante curiosa, pois foi nessa cidade que ele perdeu definitivamente seu maior amor, Métilde Dembowski, que inspirou a redação deste livro, como se verá à leitura de suas cartas. [Nota da Tradutora.]

[13] Se essa característica não existe nos homens é porque eles não têm o pudor a sacrificar por um instante. [Nota do autor.]

[14] Em outras palavras, uma vida que se limita sempre à mesma nuança dá apenas um instante de felicidade completa; mas o jeito de ser de um homem apaixonado muda dez vezes por dia. [Nota do autor.]

[15] O que os romances do século XVII chamavam de *amor à primeira vista*, que decide o destino do herói e de sua amante, é um movimento da alma que, embora tenha sido desvirtuado por um sem-número de escrevinhadores, existe de fato na natureza; ele resulta da impossibilidade dessa manobra defensiva. A mulher que ama encontra tamanha felicidade em seus sentimentos que não consegue disfarçá-los; cansada da prudência, ela se descuida de qualquer precaução e abandona-se cegamente à felicidade de amar. A incerteza torna o *amor à primeira vista* impossível. [Nota do autor.]

[16] Chamei a este ensaio de livro de ideologia. Meu objetivo foi indicar que, conquanto se intitule *Do amor*, não se trata de um romance, e que sobretudo não é divertido como um romance. Peço desculpas aos filósofos por ter empregado a palavra *ideologia*: minha intenção certamente não é usurpar um título que seria o direito de um outro. Se a ideologia é a descrição detalhada das ideias e de todas as partes que podem compô-la, o presente livro é a descrição detalhada e minuciosa de todos os sentimentos que compõem a paixão denominada *amor*. Em seguida eu tiro algumas consequências dessa descrição, por exemplo, a maneira de curar o amor. Não conheço nenhuma palavra em grego para dizer "discurso sobre os sentimentos", como ideologia indica "discurso sobre as ideias". Eu poderia ter pedido a alguns de meus amigos eruditos que me ajudassem a inventar uma palavra, mas já estou contrariado demais por ter tido que adotar a palavra nova *cristalização*, e é bem possível que, se este ensaio encontrar leitores, eles não vão deixar passar

mais uma palavra nova. Admito que teria havido talento literário em evitá-la; tentei bastante, mas sem sucesso. Sem essa palavra, que para mim exprime o principal fenômeno dessa loucura chamada *amor — loucura* que no entanto proporciona ao homem os maiores prazeres dados aos seres de sua espécie experimentar sobre a terra —, sem o emprego dessa palavra, era preciso o tempo todo substituir por uma perífrase bem longa a descrição que faço sobre o que se passa na cabeça e no coração do homem apaixonado, o que tornaria o texto obscuro, pesado, cansativo até mesmo para mim, que sou o autor: como seria para o leitor então?

Encorajo portanto o leitor que se sentir chocado demais com a palavra *cristalização* a fechar o livro. Felizmente para mim, não está entre minhas aspirações ter muitos leitores. Seria um prazer agradar trinta ou quarenta pessoas de Paris que eu nunca verei, mas que, mesmo sem conhecer, amo loucamente. Por exemplo, alguma jovem sra. Roland, lendo às escondidas algum volume que ela oculta apressadamente, ao menor ruído, na gaveta da escrivaninha de seu pai, o qual é gravador de caixas de relógio. Uma alma como a da sra. Roland me perdoaria, espero, não apenas a palavra *cristalização* empregada para expressar esse ato de loucura que nos faz perceber todas as belezas, todos os gêneros de perfeição na mulher que começamos a amar, mas ainda tantas outras elipses descaradas demais. Basta pegar um lápis e escrever entre as linhas as cinco ou seis palavras que faltam. [Nota do autor.]

[17] Personagem fictício. Segundo Italo Calvino (1993, p. 127), Del Rosso seria a personificação de uma das personalidades psicológicas de Stendhal, aquela que busca o prazer físico.

[18] "Todas as suas ações tiveram inicialmente a meus olhos esse aspecto celestial que imediatamente faz de um homem um ser à parte, distingue-o de todos os outros. Eu acreditava ler em seus olhos a sede de uma felicidade mais sublime, uma melancolia não confessada que aspira a algo melhor do que o que encontramos em nosso mundo, e que, em todas as situações em que a fortuna e as revoluções podem colocar uma alma romanesca,

> Still prompts the celestial sight,
> For which we wish to live or dare to die."

Última carta de Bianca a sua mãe. Forli, 1817. [Nota do

autor.] [Ainda desperta a visão celestial,/ Pela qual desejamos viver ou ousamos morrer].

Bianca é também uma personagem fictícia, que representa Métilde. É a protagonista de um romance que Beyle apenas iniciou antes de começar a redação de *Do amor*, intitulado tão simplesmente *Roman de Métilde.* [Nota da tradutora.]

[19] É para *abreviar* o relato e conseguir descrever o mais íntimo das almas que, empregando a primeira pessoa, o autor relata muitas sensações que lhe são estranhas; ele não tinha nada de pessoal que merecesse ser citado. [Nota do autor.]

[20] Com relação a crimes, a boa educação é provocar remorsos que, como são esperados, colocam um peso na balança. [Nota do autor.]

[21] Horace Walpole (1717–1797), aristocrata e romancista inglês, inaugurou um novo gênero literário de ficção, o chamado romance gótico, com a publicação da obra *O castelo de Otranto*.

[22] Como Diane de Poitiers, em *A princesa de Clèves*. [Nota do autor.]

[23] Pois, se você conseguisse se imaginar alguma felicidade nessa escapada, a cristalização teria dado à sua amante o privilégio exclusivo de tê-la proporcionado. [Nota do autor.]

[24] Luynes e Lauzun. Duques franceses de importante linhagem e imensas terras e fortuna.

[25] Yolande Martine Gabrielle de Polastron, condessa e depois duquesa de Polignac (1749–1793). Dama da corte, melhor amiga e confidente da jovem Maria Antonieta.

[26] Essa segunda cristalização não acontece nas mulheres fáceis, que estão bem distantes de todas essas ideias românticas. [Nota do autor.]

[27] "Este era seu reino feérico preferido, e aqui ela ergueu seu castelo nas nuvens." *The Bride of Lammermoor* é um romance de Walter Scott (1771–1832).

[28] Epicuro dizia que o discernimento é necessário para se atingir o prazer. [Nota do autor.]

[29] Lembramo-nos da máxima de Beaumarchais: "A natureza diz à mulher: Seja bela se puderes, sábia se quiseres, mas seja bem considerada, é preciso." Sem consideração, na França, não há admiração,

e portanto não há amor. [Nota do autor.] Citação de *As bodas de Fígaro*, cena IV. [Nota da tradutora.]

[30] Quando leggemmo il disiato riso
Esser bacialo da cotanto amante,
Questi che mai da me non fia diviso,
La bocca mi bacció tutto tremante.

DANTE, Inf., canto V, 133–135 [Nota do autor]

Ao lermos que nos lábios osculara
O desejado riso, o heroico amante,
Este, que mais de mim se não separa,
A boca me beijou todo tremante.

[Tradução de Xavier Pinheiro.]

[31] Personagem fictícia que representa Matilde Dembowski. [Nota da tradutora.]

# CARTAS DE HENRI BEYLE A MATILDE DEMBOWSKI



## A MATILDE DEMBOWSKI

Milão, 4 de outubro de 1818

...Sou muito infeliz, parece-me que a amo mais a cada dia e que a senhora não tem mais por mim a simples amizade que me demonstrava antes.

Há uma prova bastante convincente de meu amor, é a falta de jeito que tenho em relação à senhora, que me deixa louco de raiva contra mim mesmo e que eu não consigo evitar. Tenho coragem até entrar em seu salão, mas logo que a vejo, começo a tremer. Asseguro-lhe que há muito tempo nenhuma outra mulher me inspira tal sentimento. Ele me deixa tão infeliz que eu gostaria de ser forçado a não mais a ver, e apesar das minhas resoluções, preciso sempre pensar na prudência para não ir todos os dias à sua casa.

Isso me parece impossível de traduzir. Mas já que quer o sentido grosseiramente transmitido, aqui vai: *Sono infelice mi sembra di amarvi di più ogni giorno, e voi non avete più per me quella semplice amistà che mi mostravate un giorno. C'è una prova pur troppo scolpita del amore mio, la mia...* [1]

Partirei amanhã, vou tentar esquecê-la se puder, mas já começo mal, pois não consigo resistir à vontade de vê-la mais uma vez esta noite.

Minha grande ocupação de hoje foi pensar em meios de vê-la sem ser imprudente.

Eu a amo muito mais quando estou longe da senhora do que em sua presença. Quando está longe, eu a vejo indulgente e boa, sua presença destrói essas doces ilusões.

## À SRA. DEMBOWSKI[†]

Varese, 16 de novembro de 1818

Senhora,

Gostaria de escrever uma carta divertida, mas passo minha vida com bons burgueses que se ocupam o dia todo do preço do trigo, da saúde de seus cavalos, de suas amantes e de suas casas. A profunda alegria, a felicidade tão simples deles me faz inveja; com um coração que se contenta com coisas tão rudes, como não ser feliz? E, no entanto, eles vagueiam a esmo em meio a agruras que parecem tão fáceis de evitar, e são também quase sempre infelizes. Não se ocupam em absoluto do mundo que nos interessa, que para eles é como uma terra estrangeira. Mas uma coisa cativou o interesse deles: acreditam ter certeza que a sra. A[nnoni] arranjou um amante; essa bela mulher estaria mais uma vez com um russo, pois parece certo que o sr. de Pahlen[2] está com L..., a genovesa. Portanto, foi um certo sr. de B[erg], rapaz bonito que conheço bem, mas talvez o ser mais seco que existe, o mais afetado, o mais indiscreto, o mais egoísta, o mais distante de qualquer sentimento, que persuadiu a sra. A[nnoni] que a adora e, como se não bastasse, que ela também o adora. Eles passam a vida a ler romances *sentimentais* juntos. Aqui, ela não escutou uma palavra do espetáculo porque não parava de falar com ele. Isso é verdade, mas tenho minhas dúvidas quanto ao resto.

O prazer mais intenso que tive hoje foi o de datar

[†] Entregue em 17 de novembro. (Anotação de H. Beyle no rascunho). [Nota do editor original.]

esta carta; em um mês, espero ter a felicidade de ver a senhora. Mas o que fazer durante esses trinta dias? Espero que passem como os nove longos dias que acabam de ficar para trás. Cada vez que um divertimento ou um passeio termina, caio em mim e encontro um vazio assustador. Interpretei mil vezes, dei-me o prazer de escutar mais mil vezes cada coisinha que a senhora me disse nos últimos dias que tive a felicidade de vê-la. Minha imaginação cansada começa a não mais aceitar as imagens que me parecem agora excessivamente relacionadas com a horrível ideia da sua ausência, e todos os dias meu coração ensombrece mais.

Encontrei um pouco de consolo na igreja da Madonna Del Monte; lembrei-me da música divina que escutei ali certa vez. Partirei para Milão um dia desses, esperando encontrar uma de suas cartas, pois conto o suficiente com a sua humanidade para crer que não me recusará algumas linhas, para a senhora tão fáceis de traçar, mas tão preciosas, tão consoladoras para um coração em desespero. A senhora deve estar bastante segura de seu poder absoluto sobre mim para hesitar um instante diante do temor vão de, ao me responder, parecer estar encorajando minha paixão. Conheço-me bem; vou amá-la pelo resto da minha vida; o que quer que faça não mudará nada à ideia que arrebatou minha alma, à ideia que fiz da felicidade de ser amado pela senhora e ao desprezo que ela me faz sentir por todas as outras felicidades! Enfim! Sinto necessidade, sinto sede de vê-la. Acredito que daria o resto da minha vida para falar com a senhora sobre as coisas mais indiferentes por quinze minutos que fossem.

Adeus, deixo-a agora para ficar mais tempo com

a senhora, para ousar falar-lhe com todo o abandono, com toda a energia da paixão que me devora.



*Henri*

## ENTRADA NO DIÁRIO DE HENRI BEYLE†

15 de abril de 1819

*To say the 15 April 1819.* — Posso me fingir de alegre quando há alguém por perto; mas sozinho, é impossível. Como acredito que lhe sou indiferente, minha tristeza deve aborrecê-la.

Estou convencido de que *you love not me.*

Abomino quando ouço dizer: Ah, está triste, está apaixonado. Eu morreria de vergonha de ser citado como Pahlen.[3] Ontem, falei demais, demais da conta.

† Página do diário de Beyle, na qual ele se dirige diretamente a Métilde, como se lhe falasse em pessoa. (Stendhal. *Journal.* Edição e prefácio Henri Martineau. Paris: Le Divan, 1937, p.353.)

12 de maio de 1819

Senhora,

Ah! Como o tempo me parece pesado desde que partiu![4] E passaram-se apenas cinco horas e meia! O que farei durante os mortais quarenta dias que estão pela frente? Devo renunciar a qualquer esperança, partir e entrar nos serviços públicos? Receio não ter coragem de atravessar o Mont-Cenis.[5] Não, não poderei jamais consentir em interpor montanhas entre mim e a senhora. Será que graças a meu amor eu posso esperar reascender um coração que não pode estar morto para essa paixão? Mas talvez eu pareça ridículo a seus olhos, talvez minha timidez e meu silêncio a tenham aborrecido, e a senhora tenha encarado minha chegada a sua casa como uma calamidade. Eu mesmo me detesto. Se não fosse o último dos homens, não deveria ter recebido uma posição definitiva ontem, antes da sua partida? E saber claramente qual é minha situação?

Quando exclamou em tom de verdade tão profundamente sentida: "Ah! Que bom que já é meia noite!", eu não deveria entender que a senhora sentia-se aliviada de estar livre da minha presença inoportuna, e jurar a mim mesmo, pela minha honra, nunca mais revê-la? Mas só sinto tal coragem quando estou longe da senhora. Em sua presença, sou tímido como uma criança, as palavras fenecem em meus lábios, tudo o que consigo fazer é olhá-la e admirá-la. Como posso me sentir tão inferior a mim mesmo e tão chato?

## À SRA. MÉTILDE DEMBOWSKI[†]

Varese, 7 de junho de 1819

Senhora,

Estou em desespero. A senhora me acusou de ter faltado com delicadeza em diversas ocasiões como se, vinda de sua boca, tal acusação não significasse nada. Quem me teria dito, quando separei-me da senhora em Milão, que a primeira carta que me escreveria começaria com "Senhor", e que nela me acusaria de ser indelicado?

Ah!, minha cara senhora, como é fácil para um homem sem paixão exibir uma conduta sempre calculada e prudente. Quando sou capaz de agir racionalmente, também acredito que não me falta discrição; porém fui dominado por uma paixão funesta que me impede de ser o senhor das minhas ações. Eu havia jurado partir, ou ao menos não vê-la, e também não lhe escrever até a sua volta. Mas uma força mais poderosa que todas as minhas resoluções levou-me para onde a senhora está. Sei muito bem: esta paixão tornou-se o centro da minha vida. Todos os interesses, todas as considerações empalideceram diante dela. A necessidade funesta que sinto de vê-la sempre me domina, me transporta, me arrebata. Em certos momentos, durante minhas longas noites solitárias, sinto que se tivesse que assassinar pela senhora, eu me tornaria um assassino. Tive apenas três

[†] Esta carta, datada de Varese, foi na realidade escrita em Volterra, para onde Beyle seguira Métilde, que fora visitar os filhos no colégio San Michele, o internato dessa cidade. [Nota do editor original.]

paixões na vida: a ambição de 1800 a 1811, o amor por uma mulher que me enganou[6] de 1811 a 1818, e, de um ano para cá, esta paixão que me domina e que não para de crescer. A todo momento, durante todas as minhas distrações, tudo o que é estranho a esta paixão anulou-se para mim; feliz ou infeliz, ela preenche cada instante da minha vida. E a senhora crê que o sacrifício que faço às suas conveniências de não vê-la esta noite seja pouca coisa? Certamente minha intenção não é ostentar nenhum falso mérito; procuro apenas expiar-me da falta de consideração que eu possa ter demonstrado anteontem. Esta expiação não é nada para a senhora; mas para mim, após tantas noites terríveis, privado da sua presença, sem poder vê-la, é um sacrifício mais difícil de suportar que os mais atrozes suplícios; é um sacrifício que, pela dor extrema da vítima, é digno da mulher sublime à qual está sendo oferecido.

Na agitação em que se encontra meu ser, na qual a necessidade imperiosa que tenho de vê-la me lançou, há uma qualidade que conservei no entanto até agora, e que rogo ao destino para conservar por mais tempo se ele não quiser me abismar, diante de meus próprios olhos, no mundo da abjeção: uma perfeita veracidade. Em sua carta, a senhora me diz que eu *comprometi* tanto as coisas no sábado de manhã que o que se passou à noite tornou-se uma necessidade. Foi essa palavra, "comprometer", que me feriu no mais fundo da alma, e, se eu tivesse a felicidade de poder arrancar o ferrão fatal que perfura meu coração, a palavra "comprometer" teria me dado forças.

Mas não, minha senhora, sua alma é nobre demais para não ter compreendido a minha. Sentiu-se ofendida e empregou a primeira palavra que caiu sob sua pena. Tomarei por juiz, entre mim e sua acusação, uma pessoa de quem não poderá recusar o testemunho. Se a sra. Dembowski, se a nobre e sublime Métilde *acredita* que minha conduta na manhã de sábado tenha sido *calculada* para forçá-la, abusando da merecida consideração que tem neste país, a realizar alguma ação ulterior, confesso, a conduta infame foi minha, existe um ser no mundo que pode afirmar que sou indelicado. Irei mais longe. Nunca tive talento para seduzir, a não ser mulheres que nunca amei. A partir do momento que amo, torno-me tímido, a senhora bem o sabe pelo acanhamento que me invade quando está por perto. Se no sábado à noite eu não tivesse me posto a falar sem parar, todo mundo, até mesmo o bom padre Rettore[7] teria percebido que eu a amo. Mas ainda que tivesse talento para a sedução, eu não o teria empregado com a senhora. Se dependesse apenas de querer para ter sucesso, eu gostaria de conquistá-la por mim mesmo, e não como um outro ser que eu estivesse representando para agradá-la. Eu morreria de vergonha, e acredito que não conseguiria ser feliz, ainda que a senhora me declarasse seu amor, se suspeitasse que ama um outro que não eu. Se a senhora tivesse defeitos, eu nunca poderia dizer que não os vejo; na realidade, eu diria que os adoro; e, de fato, posso afirmar que adoro sua extrema suscetibilidade, que me faz passar noites tão horríveis. É assim que eu gostaria de ser amado, é assim que se faz o verdadeiro amor; ele repele a sedução com horror, como um recurso indigno demais, e, junto com a sedução, qualquer cálculo, qualquer manobra, assim como a menor ideia de *comprometer* o objeto amado, forçando-o a realizar ações ulteriores para benefício próprio.

Se eu tivesse o talento de seduzi-la, e não acredito esse talento possível, não faria uso dele. Cedo ou tarde, a senhora perceberia que estava sendo enganada, e acredito que seria ainda mais terrível para mim ser privado do seu amor depois de tê-la possuído do que ter sido condenado pelos céus a morrer sem jamais ter sido amado pela senhora.

Quando um ser é dominado por uma paixão extrema, tudo o que diz ou faz em determinada circunstância não prova nada a seu respeito; é o conjunto de sua vida que testemunha sobre seu caráter. Assim, minha senhora, ainda que eu passe um dia inteiro a jurar a seus pés que a amo, ou que a odeio, isso não deveria ter nenhuma influência sobre o grau de fé que a senhora pensa poder depositar em mim. É o conjunto da minha vida que deve falar mais alto. Ora, embora eu seja muito pouco conhecido — e que pessoas que me conhecem achem-me pouco interessante —, na falta de outro assunto na conversa, a senhora pode perguntar a quem quer que seja se sou conhecido por minha imodéstia ou inconstância.

Já faz cinco anos que moro em Milão. Consideremos falso tudo o que se possa dizer da minha vida anterior. Cinco anos, dos 31 aos 36 anos, é um intervalo bastante importante na vida de um homem, sobretudo quando, durante esses cinco anos, ele tem de lidar com circunstâncias difíceis. Se jamais, por falta de coisa melhor a fazer, a senhora condescender em parar para pensar sobre o meu caráter, peço-lhe que compare esses cinco anos da minha vida com os cinco anos da vida de algum outro indivíduo qualquer. A senhora encontrará vidas muito mais brilhantes pelo talento, muito mais felizes; porém uma vida mais cheia de honra e de constância que a minha, não acredito que possa achar. Quantas amantes tive em Milão em cinco anos? Quantas vezes desonrei-me? — Ora, eu teria atentado indignamente contra a honra caso, tratando com alguém que não pode me fazer brandir uma espada, tivesse procurado ainda assim *comprometê-lo*.

Ame-me se quiser, divina Métilde, mas, pelo amor de Deus, não me despreze. Esse tormento está acima das minhas forças. Em sua maneira tão correta de pensar, ser desprezado me impediria definitivamente de ser amado.

Diante de uma alma elevada como a sua, qual seria o caminho mais certo para desagradá-la senão aquele que a senhora me acusa de ter tomado? Temo tanto desagradá-la que o momento em que a vi pela primeira vez na noite do dia 3, e que deveria ter sido o mais doce da minha vida, foi, ao contrário, um dos mais tensos, pelo medo que tive de desagradá-la.[8]

## À SRA. MÉTILDE DEMBOWSKI, EM PISA



Florença, 11 de junho de 1819

Senhora,

Desde que a deixei ontem à noite, sinto necessidade de implorar seu perdão pela falta de delicadeza e de consideração que minha paixão funesta induziu-me a demonstrar há oito dias. Meu arrependimento é sincero; teria preferido, já que a desagradei, nunca ter ido a Volterra. Ter-lhe-ia expressado esse sentimento de remorso profundo ontem mesmo, quando a senhora condescendeu a me admitir em sua casa; mas, permita-me dizer, a senhora não me acostumou à indulgência, muito pelo contrário. Ora, temia que lhe parecesse que pedir perdão pelas minhas loucuras fosse falar-lhe de meu amor e portanto quebrar o sermão que eu lhe havia feito.

Mas eu faltaria com a perfeita veracidade, que no abismo onde despenquei é a minha única regra de conduta, se dissesse que compreendo a indelicadeza. Temo que veja nesta confissão o indício de uma alma rude e pouco afeita a compreendê-la. A senhora sentiu essa falta de delicadeza; portanto ela existiu para a senhora. Não creia, no entanto, que formei de uma vez só o projeto de ir a Volterra. Sinceramente, não tenho tanta audácia; todas as vezes que me derreto de amores e voo para o seu lado, sei muito bem que serei trazido de volta à realidade por alguma severidade mortificante. Vendo no mapa que Livorno era pertinho de Volterra, informei-me e me disseram que de Pisa era possível avistar as muralhas dessa cidade feliz onde a senhora está.

Durante a travessia, pensei que se usasse óculos verdes e trocasse de roupas, eu poderia muito bem passar dois ou três dias em Volterra, saindo de casa apenas à noite, sem ser reconhecido pela senhora. Cheguei no dia 3, e a primeira pessoa que vi em Volterra foi justamente a senhora; era uma hora; acho que estava voltando do colégio para almoçar em casa; a senhora não me reconheceu. À noite, às oito e quinze, quando já estava bem escuro, tirei os óculos para não parecer estranho a Schneider.[9] No momento em que os tirava, a senhora veio a passar, e meu plano, que estava dando tão certo até então, foi perturbado.

Naquela hora só tive um pensamento: se eu abordar a sra. Dembowski, ela me dirá algo ríspido, e naquele momento eu a amava demais, uma palavra dura me teria matado; se eu a abordar como um amigo de Milão, todo mundo nesta cidade pequena achará que sou seu amante; portanto, demonstrarei muito mais respeito se permanecer incógnito. Todo esse raciocínio ocorreu num piscar de olhos; e foi o mesmo que me conduziu durante toda a sexta-feira, dia 4. Posso jurar que não sabia que o jardim Giorgi pertencia a sua casa. Eu pensava tê-la visto entrar à direita na rua, subindo, e não à esquerda.[10]

Na noite do dia 4 para o 5, disse a mim mesmo que poderia me passar pelo mais antigo dos amigos da sra. Dembowski. Fiquei todo orgulhoso dessa ideia. Ela poderia ter algo a me dizer sobre seus filhos, sobre sua viagem, sobre mil coisas estranhas a meu amor. Pensei então em escrever-lhe duas cartas de tal maneira que, se ela quisesse, poderia dar razão à minha chegada a seus amigos daqui e me receber. Se não quisesse, simplesmente responderia "não", e tudo estaria acabado. Como, ao selar a carta, lembrei-me que ela poderia ser surpreendida e que conheço bem as almas ruins e a inveja que as possui, preferi não juntar meu bilhete às duas cartas oficiais, de modo que, se alguém as abrisse por engano, não veria nada que não estivesse dentro das conveniências.

Confesso, minha senhora, mesmo correndo o risco de desagradá-la com esta confissão, que não vejo até aqui nenhuma falta de delicadeza.

A senhora me escreveu de uma forma bastante severa; acreditando que eu queria forçar sua porta, o que não condiz com o meu caráter. Eu estava meditando sobre tudo isso junto à Porta de Selci[11] e, ao atravessá-la, foi por acaso se não virei à direita. Vi que era preciso descer e subir novamente, e eu queria ficar tranquilo com as minhas reflexões. Assim fui conduzido ao Campo aonde a senhora veio mais tarde. Eu estava apoiado contra o parapeito e fiquei ali duas horas, apenas olhando o mar que me trouxera para perto do meu amor, e no qual eu faria melhor terminando meu destino.

Saiba, minha senhora, que eu ignorava completamente que esse Campo fosse seu passeio habitual. Quem me teria dito? — A senhora viu que guardei uma discrição perfeita diante de Schneider. Eu a vi chegar; imediatamente iniciei uma conversa com um rapaz que estava por ali e já partia com ele para ver o mar do outro lado da cidade quando o sr. Giorgi me abordou.

Confesso que pensei então que a senhora tivesse renunciado à ideia de que eu queria forçar sua porta. Fiquei felicíssimo, mas ao mesmo tempo muito intimidado. Sem o recurso de falar com as crianças, certamente teria me comprometido. Foi muito pior quando entramos no colégio: eu ia me encontrar diante da senhora, vê-la perfeitamente; em suma, desfrutar da felicidade que me fazia viver há quinze dias e que eu não ousava sequer esperar. Estava a ponto de recusá-la na porta do colégio; não tinha forças para suportá-la. Ao subir as escadas, mal me segurava; certamente, se estivesse lidando com pessoas elegantes, teria sido descoberto. Enfim, eu a vi; desse momento até aquele em que a deixei guardo apenas ideias confusas; sei que falei muito, que a encarei, que passei por antiquado. Se foi nesse momento que cometi a falta de delicadeza, o que é bem possível, não tenho a mais remota ideia; só sei que daria tudo no mundo para consertar o que quer que tenha feito. Posso dizer que aquele momento foi um dos mais felizes da minha vida, mas ele me escapou inteiramente. — Esse é o triste destino das almas sensíveis; lembramo-nos dos sofrimentos nos mais ínfimos detalhes, e os instantes de felicidade lançam a alma a uma esfera tão distante, que eles lhe escapam.

Na tarde seguinte, ao encontrar-me com a senhora, percebi que a havia desagradado. Seria possível, cogitei, que ela estivesse apaixonada pelo sr. Giorgi? A senhora me entregou a carta que começava com "Senhor"; no colégio, só consegui ler essa palavra fatal, e vi-me no auge da infelicidade no mesmo lugar onde na véspera estivera louco de alegria. A senhora escreveu que eu havia tentado enganá-la, passando-me por doente, e que ninguém pode passear quando está com febre. No entanto, antes de escrever-lhe na sexta-feira, eu havia tido a honra de encontrá-la duas vezes no passeio, e nunca sugeri em minha carta que a febre tivesse me tomado de súbito, na noite de sexta para sábado. Meus pensamentos eram tão sombrios que ficar fechado em meu quarto aumentava minha indisposição.

No dia seguinte dessa sexta-feira fatal, eu me puni não a vendo; à noite, vi o sr. Giorgi com ciúmes; eu a vi apoiar-se nele à saída do colégio. Cheio de espanto, de consternação e de infelicidade, concluí que não restava mais nada além de partir. Contava fazer-lhe apenas uma última visita de cortesia, na véspera de minha partida, visita que a senhora não teria recebido, quando a criada correu atrás de mim no jardim, onde eu estava com o sr. Giorgi, gritando: "A senhora diz que o verá esta tarde no colégio". Foi unicamente por essa razão que fui. Pensei que a senhora podia muito bem amar quem quisesse; eu havia pedido um encontro para exprimir-lhe meus remorsos por tê-la importunado, e talvez também para vê-la um pouco mais tranquilamente e ouvir o som dessa voz deliciosa que ressoa sempre em meu coração, qualquer que seja o sentido das palavras que pronuncia. A senhora exigiu que eu jurasse não mencionar o meu amor: mantive esse juramento, por mais difícil que tenha sido para mim. Enfim parti, desejando odiá-la mas não encontrando nenhum ódio em meu coração.

Ainda acredita que eu tenha desejado desagradá-la ou agir com hipocrisia? Não. É impossível. A senhora dirá: "Que alma rude e indigna de mim!" Pois bem, neste relato fiel de minha conduta e dos meus sentimentos, indique o momento em que fui indelicado e que conduta teria sido preciso substituir à minha. Uma alma fria exclamaria imediatamente: "Não voltar a Volterra." Mas não temo essa objeção de sua parte.

É bastante evidente que um ser prosaico não teria

aparecido em Volterra: primeiro porque não havia dinheiro a ganhar; segundo porque as hospedarias são ruins. Mas tendo a infelicidade de amar de verdade e de ter sido reconhecido pela senhora na quinta-feira, dia 3 de junho, o que eu podia fazer? É inútil dizer-lhe, minha senhora, que não tenho a impertinência de querer fazer uma guerra de pena com a senhora. Não pretendo que responda a cada ponto do meu argumento; mas talvez sua alma nobre e pura me conceda um pouco mais de justiça e, qualquer que seja a natureza das relações que o destino deixará subsistir entre nós, a senhora não poderá negar que a estima daquilo que amamos ternamente é o mais importante dos bens.[12]

## À SRA. MÉTILDE DEMBOWSKI

Florença, 30 de junho de 1819

Senhora,[13]

Tenho a infelicidade, a maior possível em minha posição, de ver que as minhas ações mais cheias de respeito, e devo dizer as mais tímidas, parecem-lhe o cúmulo da audácia. Por exemplo: não ter escancarado meu coração a seus pés nos dois primeiros dias que estive em Volterra e isso a despeito dos atos respeitosos que mais me custaram na vida. A cada instante estive tentado a romper as regras que o dever me impunha. Dez vezes, cheio de coisas a lhe dizer, peguei a pena. Mas dizia a mim mesmo: se começar agora, certamente sucumbirei. A felicidade de escrever-lhe dez linhas estava acima de tudo para mim. Mas, se dez linhas poderiam me desculpar diante da senhora, parecia-me que isso me faria sair da espécie de incógnito em que deveria me manter cuidadosamente para não magoá-la. Ter sido visto pela senhora foi um azar, ousar escrever-lhe foi uma ação da minha livre e espontânea vontade.

É evidente que, como *estrangeiros*, e permita-me acreditar que é apenas pela nacionalidade que somos estranhos um ao outro, como *estrangeiros*, não nos compreendemos bem; nossos modos de agir falam línguas diferentes.

Tremo pelo passado; quanta indelicadeza devo ter demonstrado enquanto dizia exatamente o contrário! Nós definitivamente não nos compreendemos. Quando escrevi: "Schneider, durante a conversa, lhe assegurará que estou doente", eu queria dizer: assegurará à senhora, à senhora que domina minha vida. Que me importa o que pensam os habitantes de Volterra?

Outra coisa. Nunca entendi que fosse decente ir à casa do Rettore, e, pelo mais cruel dos sacrifícios, prometera-me nunca mais ir, e pensei ter agido corretamente ao não me apresentar ali na terça-feira. Pensei que isso seria como persegui-la, embaraçá-la com o meu amor; pois, ir à casa do Rettore, era o mesmo que ir à sua casa, onde a senhora me recebera com tanta frieza. E, se a senhora se lembra bem, ao abordá-la todo constrangido na quarta-feira, senti a necessidade de justificar minha presença pelo convite da criada.

Quantas das minhas ações mais simples devem tê-la desagradado em Milão! Deus sabe o que elas significam em italiano.

Pelo amor da verdade, e para não voltar a falar disso, afirmo-lhe que, ao vê-la passar no dia 3, a uma hora da tarde, um instante depois da senhora me olhar sem me reconhecer, Schneider me contou, em duas palavras, quem era essa dama e que ela residia na *casa Guidi*. Eu não ousei fazê-lo repetir o nome. Tenho sempre a impressão de ser demasiado transparente quando me falam da senhora. No dia 3, dei uma volta pela cidade, da porta do Arco até a porta de Florença, orientando-me pelo mapa desenhado pelo senhor seu irmão. Notei, ao lado da porta florentina, o jardim inglês do sr. Giorgi. Andei até lá e vi duas mocinhas no muro. O lugar agradou-me, e prometi a mim mesmo voltar no dia seguinte; ignorava quem estava destinado a encontrar. Da mesma forma, não houve nenhuma preparação em minhas desculpas ao sr. Giorgi, pois eu não havia feito a menor interrupção a Schneider, não havia nem mesmo pronunciado o seu nome.

Tenha certeza, minha senhora, que não lhe entregaram minha primeira carta de sábado no momento em que a levei. Eu tinha ido passear bem longe dali. Quando repassei diante da casa de Giorgi, meu relógio já marcava mais de uma hora, e lembro-me de ter hesitado bastante; não achava que o intervalo fosse suficientemente grande. Enfim, disse a mim mesmo: "Maldita timidez!", e bati na porta. Foi o sr. Giorgi quem me deu a ideia de pedir para vê-la; exatamente como na quarta-feira de manhã, quando fui visitar sua galeria para entregar-lhe uma carta; ele queria absolutamente me fazer entrar no quarto da senhora, embora fosse apenas nove e meia.

Fiz-me entender mal, minha senhora, se acredita que sou um homem "tão difícil de desencorajar". Não, não tenho mais esperanças, e isso já há muito tempo. Tive esperança, confesso, no mês de janeiro, sobretudo no dia 4; um amigo que esteve em sua casa no dia 5 disse--me ao sair (desculpe-me os termos impróprios): "Ela é sua; você será um canalha?" Mas, no dia 13 de fevereiro, perdi qualquer esperança. Nesse dia, a senhora me disse coisas que repeti a mim mesmo diversas vezes desde então. Não deve acreditar que todas as coisas severas de que não a censuro em absoluto por ter-me dito, muito pelo contrário, tenham se perdido. Elas penetraram profundamente em meu coração, mas só algum tempo depois começaram a fazer efeito, a se fundir em meus devaneios e a desencantar sua imagem.

Há quatro meses penso bastante no que me resta a fazer. — Fazer amor com uma mulher qualquer? A simples ideia me revolta, sou incapaz. — Colocar-me, graças a uma boa insolência, na impossibilidade de revê-la? Primeiro, eu não teria coragem; depois, desculpe minha aparente desonestidade, isso seria me colocar na situação de exagerar para mim mesmo a felicidade de estar perto da senhora. Quando, estando a cem léguas dela, penso na sra. Dembowski, esqueço suas severidades; coloco, um pertinho do outro, os curtos momentos em que me parecia, erroneamente, que me tratava menos mal. Tudo se torna sagrado para mim, até o país onde ela vive, e, em Paris, a simples menção de Milão me traz lágrimas aos olhos. Por exemplo, um mês atrás, pensando na senhora de Milão, eu imaginava a felicidade de passear a seu lado em Volterra, junto às maravilhosas muralhas etruscas, e nunca teria me passado pela cabeça que a senhora diria as coisas verdadeiras e duras que tive de ouvir. Esse sistema é tão verdadeiro que, quando fico algum tempo sem vê-la, como quando voltei de Sannazaro, eu a reencontro cada vez mais apaixonado. Posso portanto assegurar-lhe, minha senhora, que não tenho mais esperanças; mas o lugar na terra onde me sinto menos infeliz é junto da senhora. Se, a despeito de mim mesmo, mostro-me apaixonado quando estou a seu lado, é porque estou de fato apaixonado; mas não é em absoluto porque tenho esperança de fazê-la compartilhar esse sentimento. Vou me permitir uma longa explicação filosófica, após a qual poderei dizer:

*Espaço demais separa Andrômaca e Pirro.*[14]

O princípio dos modos italianos é uma certa ênfase. Lembre-se da maneira como V[ismara][15] bate à sua porta, como se senta, como pede notícias suas.

O princípio dos modos parisienses é colocar simplicidade em tudo. Na Rússia, observei cinco ou seis grandes ações de franceses e, embora acostumado ao tom simples da boa sociedade de Paris, fiquei ainda assim impressionado com a simplicidade de seus gestos. Pois bem, creio que, para a senhora, o ornamento de um outro clima e esses modos simples pareceriam *frívolos* e pouco apaixonados. Note que, em minhas belas realizações na Rússia, tratava-se da vida, coisa de que gostamos bastante, em geral, quando nosso sangue está frio.

Os modos do sr. Lampato e de Pecchio podem lhe dar uma ideia do tom simples dos franceses. Note que o rosto de Vismara é perfeitamente afrancesado; suas maneiras é que fazem um contraste com as nossas, e eu daria metade da minha vida para poder aprendê-las. Segue-se que meu modo de agir, como me dei conta ontem ao ler sua carta, meu modo de agir, insisto, deve frequentemente passar a seus olhos um sentimento bem distante daquele que o inspira. É provavelmente por isso que a senhora me acha "ousado".

Como bem sabe, nos romances, os amantes infelizes têm um recurso: dizem que o objeto de seu amor não pode mais amar; acho que esse recurso está começando a me servir há alguns dias. É possível portanto perceber, graças a essa confidência que tomo a liberdade de lhe fazer, de tudo o que se passa no mais íntimo do meu ser, que não tenho mais esperança.

A senhora me diz que lhe escreveram afirmando que "pensam em Milão que eu parti para encontrar-me com a senhora e que eu desejava que todos acreditassem nisso". Este ano foi a primeira vez que passei meses em Milão sem fazer nenhuma viagem. Falo com muito poucas pessoas, e essas pessoas estão acostumadas a me ver partir e voltar. A senhora viajou no dia 12 e eu no dia 24; eu disse que ia para Grenoble. Aqui, encontrei com Vaini e Trivulzi; disse-lhes que estava voltando de Grenoble; que, quando passava por Gênova, a *luminara*[16] de Pisa, anunciada para o dia 10 de junho, me conduzira a Livorno, e o atraso da chegada do imperador a Florença.

Quanto à ideia de que "eu desejava que todos acreditassem" que fui me encontrar com a senhora, se há no mundo uma sugestão maldosa que me seja fácil de contestar, não com frases, mas com fatos inabaláveis, é essa aí.

Vivo em Milão há cinco anos, e as poucas pessoas que me conhecem podem certificar que não me aconteceu nem uma única vez de nomear uma mulher. Não falo da pessoa que quis, sem me consultar, que eu me instalasse na casa dela. Uma outra mulher exibiu-se no baile de máscaras neste carnaval; mas foi ela quem quis, e eu não tive a menor participação, e o que mostra como sou honesto quanto a isso é que meus amigos mais íntimos ficaram muito assustados com essa relação já antiga e terminada há muito tempo. É verdade que essas mulheres eram apenas uns casos. Mas isso, longe de ferir meu orgulho, só daria um verniz de melhor tom. Desafio a pessoa que lhe escreveu a nomear duas outras mulheres relacionadas a mim. Por que razão, minha senhora, eu lhe daria a preferência de uma infâmia, sobretudo à senhora, cuja estima social torna tão difícil de atacar sobre esse ponto? Acrescentarei que, em minha juventude, sempre fui amigo da verdadeira glória, e graças a muito orgulho, sempre acreditei suficientemente no meu sucesso para não me interessar pela glória da mentira.

Senhora, se me caluniam a respeito de algo que Cagnola, Vismara e os outros podem refutar matematicamente, o que dizer de outros assuntos que, por sua natureza, não são suscetíveis de tanta transparência na justificativa? Mas interrompo-me por respeito à amizade que a senhora dedica à pessoa que lhe escreveu.[17]

Penso, minha senhora, que quando chegar a Milão, o que tenho de melhor a fazer é dizer o mesmo que disse Vaini. Se pensa diferente, queira dar-me suas ordens. Devo dizer que estive em Volterra? Parece-me que não.

Espero, prezada senhora, ter suprimido dessa carta tudo o que sugere abertamente demais o amor.[18]

## À SRA. MÉTILDE DEMBOWSKI

Florença, 20 de julho de 1819

Senhora,

Talvez, em minha posição desgraçada, pareça-lhe pouco conveniente que eu ouse ainda lhe escrever. Se me tornei tão odioso assim a seus olhos, esforçar-me-ei ao menos para não mais merecer minha infelicidade, e rogo-lhe que rasgue esta carta sem ir adiante.

Se, ao contrário, sua alma sensível, embora orgulhosa demais, tiver a bondade de me tratar como um amigo infeliz, se a senhora tiver a bondade de me dar notícias suas, peço para que me escreva em Bolonha, para onde sou obrigado a partir: "*Al signor Beyle, nella locanda dell'Aquila Nera*". Estou realmente preocupado com a sua saúde. A senhora seria tão cruel, se estivesse doente, de não me contar em duas linhas?

Mas tenho de estar pronto para tudo. Feliz o coração que é aquecido pela luz tranquila, prudente, sempre igual de uma fraca lâmpada! Dizem que esse ama sem causar inconveniências nocivas a ele e aos outros. Mas o coração que arde com as chamas de um vulcão não consegue agradar a quem adora, pois faz loucuras, é indelicado e consome-se inteiramente. Sou muito infeliz.

*Henri*

# À SRA. MÉTILDE DEMBOWSKI

1819

[...] e fiquei seis meses tentando me provar que não a amava. A senhora pode perfeitamente deixar-me ainda mais infeliz afastando-me, mas enquanto for quem é, só viverei pela senhora. Julgue pelo sacrifício que lhe proponho, se meu amor a aborrece, não falemos mais.

A senhora já ouviu falar da aventura de Palfy. Certamente não vale a pela escutá-la duas vezes, mas em todo caso, ei-la aqui tal como ele me contou. Imagine um grosseirão de cinquenta anos e bigodes, que quer ser o herói de histórias de amor mas é um galanteador pedante. A Santambrogia o recusou por querer mais do que apenas meios favores; uma outra dançarina o aceitou, mas ele preferiu a Brognoli. Um dos meus amigos fez o papel do *mezzano*[19] e conduziu-o à digna mãe, anciã grotesca, que começou jurando que sua filha era virgem e acabou pedindo-lhe duas mil libras. Ele concordou. A mãe Brognoli leva a filha para ele, envolta num grande redingote que ela tira ao entrar. Sob o casaco, ela vestia um penhoar delicioso e não de todo indecente. A mãe desaparece. Aqui começa o embuste do novo Bayard.[20] A virtuosa Brognoli lança-se a seus pés e declara que ama o flautista da orquestra, um belo rapaz, e que sua mãe é uma infame por tê-la vendido etc. etc. O herói não perde a oportunidade de lhe prometer o dinheiro necessário para desposar o flautista, dinheiro que, segundo creio, ele ganhou.

Todas as outras aventuras de Milão são comuns. As de Paris, tendo em vista as eleições, são divinas. Ministros poderosos foram ludibriados e caíram no ridículo diante de quatro mil eleitores, mais ridiculamente que um velho Cassandro[21] que, ao surpreender sua mulher com algum rapaz, vai dar queixa à polícia e acaba por receber pauladas. Se a senhora estivesse aqui, eu contaria a história toda, mas são necessárias dez páginas para colocá-la no clima da piada. Em suma, minha pobre pátria avança a galope rumo à felicidade e trota para a liberdade de maneira divertida; prerrogativa exclusiva dos franceses: antes de lhes trazer a felicidade, a liberdade oferece-lhes prazeres.

Gostaria de agradecer todos os detalhes que me deu de seu dia. Perguntava-me sem parar "o que ela estará fazendo agora?" Contentemo-nos portanto da amizade, se o amor é impossível. Sua frase: "Então cada qual se encontra consigo mesmo *e é feliz de estar assim*", é encantadora. Posso dizer-lhe que nunca estive na sociedade de mulher alguma que dissesse coisas parecidas? Não, a senhora me dirá que é uma lisonja. Meu coração vai sempre palpitar das nove às dez da manhã, a parte do dia que a senhora dedica a seus correspondentes.

Para expressar meu pensamento pelas extremidades, eu diria que...

## À SRA. MÉTILDE DEMBOWSKI†

Grenoble, 25 de agosto de 1819

Senhora,

Recebi sua carta há três dias. Ao rever sua caligrafia fiquei tão profundamente tocado que não consegui ainda me refazer para responder de maneira conveniente. Foi um belo dia no meio de um deserto fétido e, por mais severa que a senhora seja em relação a mim, devo-lhe ainda os únicos instantes de felicidade que encontrei desde Bolonha. Penso sem parar nessa cidade feliz onde a senhora deve estar desde o dia 10. Minha alma vagueia sob um pórtico, que percorri tantas vezes, à direita, à saída da porta Maior.[22] Vejo diante de mim as belas colinas coroadas de castelos que formam a vista do jardim onde a senhora passeia. Bolonha, onde não recebi crueldades suas, é sagrada para mim; foi lá que fiquei sabendo do acontecimento que me exilou na França,[23] e por mais cruel que seja o exílio, ele me fez sentir ainda mais vigorosamente a força que me prende ao país onde a senhora vive. Todas as suas paisagens estão gravadas em meu coração, sobretudo a vista que se tem do caminho da ponte, dos primeiros campos que encontramos à direita depois de sair pelo pórtico. Foi lá que, temendo ser reconhecido, eu ia pensar na pessoa que vivia naquela casa feliz que eu quase não ousava olhar ao passar. Escrevo-lhe depois de ter transcrito de próprio punho dois longos atos destinados a me garantir, se isso for possível, contra os patifes que me cercam.

† No início deste rascunho, Beyle anota: "*Written the 25th August*. Transcrita em 27 de agosto". [Nota do editor original.]

Tudo o que o ódio mais profundo, mais implacável e mais calculado pode ter contra um filho eu senti de meu pai. Tudo foi recoberto com a mais perfeita hipocrisia: sou herdeiro e, aparentemente, não tenho razão para reclamar. É precisamente o que em outros tempos me teria feito saltar nas nuvens, e não tenho dúvidas de que tudo foi calculado para esse efeito.

O testamento está datado de 29 de setembro de 1818, mas estavam longe de prever que no dia seguinte deveria acontecer um pequeno evento que me tornaria absolutamente insensível aos ultrajes da fortuna.[24] Ao admirar todos os esforços e recursos do ódio, o único sentimento que tudo isso me provoca é que estou aparentemente destinado a sentir e a inspirar paixões enérgicas. Esse testamento tornou-se um objeto de curiosidade e de admiração entre os homens de negócios daqui; acredito, no entanto, após muito refletir e ler o código civil, ter encontrado um meio de evitar o pesado golpe que ele me inflige. Será um processo longo com minhas irmãs, uma das quais me é muito querida. De tal modo que, embora seja o único herdeiro, propus esta manhã às minhas irmãs dar-lhes a cada uma um terço dos bens de meu pai. Mas já prevejo que deixarão para mim os bens atolados em dívidas e que a conclusão de dois meses de agruras, que me fazem ver a natureza humana em seu aspecto mais medonho, será me deixar com muito pouco desafogo e com a perspectiva de ser um pouco menos pobre na extrema velhice. Eu havia adiado para o momento em que me encontro os projetos de diversas grandes viagens. Teria ficado cruelmente decepcionado se não tivesse perdido há muito tempo o gosto pelas viagens e pelos cavalos, de que esta paixão funesta tomou o lugar. Hoje eu a deploro unicamente porque ela pode ter me levado a fazer loucuras e a desagradar a quem mais amo e respeito sobre a terra. A bem da verdade, tudo o que existe na terra tornou-se a meus olhos inteiramente indiferente, e devo ao único pensamento que me ocupa em todos os momentos a perfeita e surpreendente insensibilidade com a qual me vejo agora de rico ficar pobre. A única coisa que temo é passar por avaro aos olhos de meus amigos de Milão que sabem que herdei.

Encontrei em Milão o amável L..., a quem disse que estava vindo de Grenoble e voltaria para lá. Que eu saiba, minha senhora, ninguém ficou sabendo que lhe escreveram. Quando não se tem belos cavalos, é mais fácil ser rapidamente esquecido do que se poderia imaginar. Percebi em L... uma ideia que me magoou muito e que me esforçarei para destruir quando voltar. Dê-me por favor notícias suas com todos os detalhes. Não tem sentido absolutamente nada no peito? A senhora não me responde a esse respeito, e é tão indiferente quanto ao que faz a ocupação das almas pequenas que enquanto não disser expressamente "não", temerei pelo "sim".

Depois de ter detestado a Porretta,[25] passarei a amá-la apaixonadamente se suas águas a curarem de seus males de estômago e sobretudo dos males dos olhos. De tanto desejar, quase tenho a esperança que a senhora afinal se decidirá a me dar notícias suas, é a única coisa que pode me fazer suportar a detestável vida que levo.

Tenho a perspectiva de ver minha liberdade diminuída em Milão, não posso me dispensar de levar para lá minha irmã que foi seduzida por *Otelo* e que, neste país, está cada vez mais doente.

Termino minha carta, é impossível para mim continuar a me fingir de indiferente. A ideia do amor é minha única felicidade. Não sei o que seria de mim se, durante as longas conversas com os homens da lei, não passasse meu tempo a pensar em quem amo.

Adeus, minha senhora, seja feliz; creio que só pode sê-lo se vier a amar. Seja feliz, mesmo amando outro que não eu.

Posso lhe escrever com franqueza o que não paro de dizer:

*Se a morte e os infernos se abrissem diante de mim, Phédime, com prazer eu desceria por ti.*[26]

*Henri*

## À SRA. DEMBOWSKI†

Dembowski, Sábado, 8 de julho de 1820

Permita-me, minha senhora, agradecer-lhe pelas belas paisagens suíças. Desde 1815 eu desprezava esse país pela maneira bárbara como nossos pobres liberais exilados foram recebidos. Fiquei perfeitamente desiludido. A vista das belas montanhas que a senhora teve diante dos olhos durante sua estada em Berna reconciliou-me um pouco com ele.[27]

Encontrei, nos costumes de que trata este livro, precisamente o que me era preciso para provar o que não tenho dúvidas: para encontrar a felicidade em algo tão singular, e eu quase ousaria dizer também tão contrário à natureza, quanto o casamento, é preciso ao menos que as moças sejam livres. Pois para a maioria das pessoas é preciso uma época de liberdade na vida, e para ser bem solitário é necessário ter corrido o mundo até a saciedade.

Espero, minha senhora, que seus olhos estejam bem; ficaria feliz de ter notícias deles com mais detalhes.

Peço-lhe que aceite a garantia dos meus respeitos mais sinceros.

H.B.

† No início do rascunho de Grenoble a seguinte anotação: "Escrita exatamente assim." [Nota do editor original.]

# NOTAS

[1] Versão italiana das duas primeiras frases da carta. [N. da T.]

[2] O conde Pierre de Pahlen (1775–1864) foi embaixador da Rússia em Paris. [N. da T.]

[3] Ver carta anterior, do dia 16 de novembro de 1818. [N. da T.]

[4] No dia 15 de maio, Beyle escreveu em seu exemplar de *Histoire de la peinture*: "*E te chiamando i lumi al ciel si pietosi affisse che gli occhi anch'io levai, certo aspettando, la tua venuta.* — Ela partiu no dia 12 de maio de 1819". [Nota do editor original.] "E ao chamar-te ele fixou os olhos no céu com tanta devoção que eu também ergui os olhos, certo da tua vinda". Referência a *In morte di Lorenzo Mascheroni*, de Vincenzo Monti (1754–1828). [N. da T.]

[5] Montanha que separa a Itália da França, junto à Alsácia. [N. da T.]

[6] Referência à sua antiga amante, Angelina Pietragua. [Nota do editor original.]

[7] O diretor do colégio San Michele. [Nota do editor original.]

[8] Logo abaixo do rascunho da carta, Beyle acrescenta uma anotação para si mesmo:

> "Reflexões. Terça-feira, 8 de junho de 1819
> Vontade de largar tudo.
> Esta tarde, muita frieza, para não colocar mais os pés no colégio; ciúmes do cavaleiro Giorgi, que vai se sentar do outro lado do sofá para conversar e, na hora de ir embora, ela se apoia fortemente contra ele, com um ar de intimidade. Mulheres honestas: tão brejeiras quanto as brejeiras." [Nota do editor original.]

[9] Schneider era o dono do albergue de Volterra onde Beyle se hospedou. [N. da T.]

[10] O antigo *palazzo* Giorgi, hoje *palazzo* Fabrini, encontra-se de fato à esquerda, subindo pela rua Victor-Emmanuele, n° 21, no caminho da Porta de Selci. [Nota da edição de Paupe e Chéramy.]

[11] Porta de Volterra por onde se vai em direção a Florença. [Nota da edição Paupe et Chéramy.]

[12] Logo após o rascunho da carta, Beyle acrescenta as seguintes anotações:

> "Encontro a resposta de 14 páginas no porta-chaves; um *procacio* [entregador] trouxe-a ontem à noite, pedindo uma

*grazzia* [gorjeta]. Essa resposta, datada, no final, do dia 26, não veio pelo correio. 1º *she is* em Florença; 2º ou ela a enviou com a recomendação de levá-la de volta a Volterra caso não me encontrassem mais em Florença; 3º ou, pouco provável, ela consultou a Lenina [a sra. Bignami, amiga e parenta de Métilde] sobre essa resposta — que assim teria chegado de Bolonha, nenhum sinal no envelope.

M[étilde] só recebeu minha carta do dia 11 por volta do dia 15 ou 16, sua resposta só partiu 10 dias depois, ela começou a responder apenas no dia 22, ou seja, seis dias depois de ter recebido a carta.

Fiz bem em não escrever uma segunda.

É curioso que M[étilde] não tenha respondido pelo correio. Por que mandar de outro jeito? Deve haver um motivo.

TÁTICA

*29 de junho de 1819*

O que me fez tremer ao não receber uma resposta para a minha carta do dia 11 no tempo esperado foi pensar que a *contessina* havia enfim iniciado um verdadeiro sistema de defesa. Ela devia retornar minha carta do dia 11, selada, com as seguintes palavras:

'Senhor,

Não desejo mais receber cartas suas ou lhe escrever. Com a mais sincera estima etc.'

Ela devia me escrever as mesmas três linhas a Florença, e manter a estratégia; em vez disso, mantém o 10 e resposta de 14 páginas. Ainda que tivesse escrito aquilo, o amor sempre encontra razões, e eu teria persistido. Talvez mesmo se a encontrasse na cama *with* $\Omega\phi\pi$, eu conseguiria encontrar uma desculpa para ela.

Utilidade do que me disse Caisse, ainda que tenha ouvido sem dar valor no momento. Não insisto, como Blücher, por lógica e teimosia, mas o coração quer assim." [Nota do editor original.]

[13] O rascunho desta carta é precedido da seguinte anotação:

"Com um pouco de febre, saindo do *Inganno felice* [ópera de Rossini] que me agradou bastante pela primeira vez, e durante a qual eu compus esta carta. Escrevi o que partiu no dia 19, das dez e meia à meia-noite e meia." [Nota do editor original.]

[14] Referência à tragédia *Andrômaca* de Racine (1639–1699). Mas a fala correta é: "Ódio demais separa Andrômaca e Pirro". [N. da T.]

[15] Giuseppe Vismara, advogado milanês, amigo comum de Métilde e Beyle. Provavelmente quem os apresentou um ao outro no início de 1818. [N. da T.]

[16] Festejo organizado em homenagem à visita do imperador da Áustria. [Nota de Victor Del Litto.]

[17] Talvez possamos ver nestas linhas uma alusão à prima de Métilde, a sra. Traversi, que sempre se opôs à dedicação de Beyle à sra. Dembowski. [Nota do editor original.]

[18] Junto a esse rascunho, Stendhal escreve para si mesmo:

"Ela me responde com um rompimento aparentemente fundado nos versos:

*Espaço demais separa Andrômaca e Pirro.*

Carta de desespero de Dominique [um outro pseudônimo de Beyle], de que não guardamos cópia. No dia 6 de julho a carta seguinte lhe é enviada; ela deve tê-la recebido na sexta-feira, 9 de julho. Essa carta bem escrita só tem uma página." [Nota do editor original.]

[19] *Mezzano*: alcoviteiro. [N. da T.]

[20] Pierre Terrail LeVieux (1473–1524), ou cavaleiro Bayard, foi um grande herói francês nos tempos da Guerra dos Cem Anos, conhecido como "o bom cavaleiro sem medo nem mácula". [N. da T.]

[21] Personagem da *commedia dell'arte* representando um velho burlesco. [N. da T.]

[22] A palavra "Maior" foi rasurada no rascunho. [Nota do editor original.]

[23] A morte de seu pai, ocorrida em Grenoble em 20 de junho, mas da qual só ficou sabendo em 22 de julho. [N. da T.]

[24] O dia 30 de setembro de 1818, que ele considera "*the greatest day of my life*", é o dia em que Stendhal acredita ter tido algum sucesso em relação a Matilde, precisamente às 9h32, segundo seu diário. [N. da T.]

[25] Bagni de la Porretta, estância termal entre Bolonha e Florença. [Nota do editor original.]

[26] Referência à tragédia *Zulime* de Voltaire (1694–1778). Mas a fala correta é: "Se a morte e os infernos aparecessem diante de mim, Ramire, com prazer eu desceria por ti." [N. da T.]

[27] Sabemos que Métilde passara uma temporada na Suíça entre 1815 e 1816. [Nota do editor original.]

## COLEÇÃO DE BOLSO HEDRA

1. *Iracema*, Alencar
2. *Don Juan*, Molière
3. *Contos indianos*, Mallarmé
4. *Auto da barca do Inferno*, Gil Vicente
5. *Poemas completos de Alberto Caeiro*, Pessoa
6. *Triunfos*, Petrarca
7. *A cidade e as serras*, Eça
8. *O retrato de Dorian Gray*, Wilde
9. *A história trágica do Doutor Fausto*, Marlowe
10. *Os sofrimentos do jovem Werther*, Goethe
11. *Dos novos sistemas na arte*, Maliévitch
12. *Mensagem*, Pessoa
13. *Metamorfoses*, Ovídio
14. *Micromegas e outros contos*, Voltaire
15. *O sobrinho de Rameau*, Diderot
16. *Carta sobre a tolerância*, Locke
17. *Discursos ímpios*, Sade
18. *O príncipe*, Maquiavel
19. *Dao De Jing*, Laozi
20. *O fim do ciúme e outros contos*, Proust
21. *Pequenos poemas em prosa*, Baudelaire
22. *Fé e saber*, Hegel
23. *Joana d'Arc*, Michelet
24. *Livro dos mandamentos: 248 preceitos positivos*, Maimônides
25. *O indivíduo, a sociedade e o Estado, e outros ensaios*, Emma Goldman
26. *Eu acuso!*, Zola | *O processo do capitão Dreyfus*, Rui Barbosa
27. *Apologia de Galileu*, Campanella
28. *Sobre verdade e mentira*, Nietzsche
29. *O princípio anarquista e outros ensaios*, Kropotkin
30. *Os sovietes traídos pelos bolcheviques*, Rocker
31. *Poemas*, Byron
32. *Sonetos*, Shakespeare
33. *A vida é sonho*, Calderón
34. *Escritos revolucionários*, Malatesta
35. *Sagas*, Strindberg
36. *O mundo ou tratado da luz*, Descartes
37. *O Ateneu*, Raul Pompeia
38. *Fábula de Polifemo e Galateia e outros poemas*, Góngora
39. *A vênus das peles*, Sacher-Masoch
40. *Escritos sobre arte*, Baudelaire
41. *Cântico dos cânticos*, [Salomão]
42. *Americanismo e fordismo*, Gramsci
43. *O princípio do Estado e outros ensaios*, Bakunin
44. *O gato preto e outros contos*, Poe
45. *História da província Santa Cruz*, Gandavo
46. *Balada dos enforcados e outros poemas*, Villon
47. *Sátiras, fábulas, aforismos e profecias*, Da Vinci
48. *O cego e outros contos*, D.H. Lawrence

49. *Rashômon e outros contos*, Akutagawa
50. *História da anarquia (vol. 1)*, Max Nettlau
51. *Imitação de Cristo*, Tomás de Kempis
52. *O casamento do Céu e do Inferno*, Blake
53. *Cartas a favor da escravidão*, Alencar
54. *Utopia Brasil*, Darcy Ribeiro
55. *Flossie, a Vênus de quinze anos*, [Swinburne]
56. *Teleny, ou o reverso da medalha*, [Wilde et al.]
57. *A filosofia na era trágica dos gregos*, Nietzsche
58. *No coração das trevas*, Conrad
59. *Viagem sentimental*, Sterne
60. *Arcana Cœlestia* e *Apocalipsis revelata*, Swedenborg
61. *Saga dos Volsungos*, Anônimo do séc. XIII
62. *Um anarquista e outros contos*, Conrad
63. *A monadologia e outros textos*, Leibniz
64. *Cultura estética e liberdade*, Schiller
65. *A pele do lobo e outras peças*, Artur Azevedo
66. *Poesia basca: das origens à Guerra Civil*
67. *Poesia catalã: das origens à Guerra Civil*
68. *Poesia espanhola: das origens à Guerra Civil*
69. *Poesia galega: das origens à Guerra Civil*
70. *O chamado de Cthulhu e outros contos*, H.P. Lovecraft
71. *O pequeno Zacarias, chamado Cinábrio*, E.T.A. Hoffmann
72. *Tratados da terra e gente do Brasil*, Fernão Cardim
73. *Entre camponeses*, Malatesta
74. *O Rabi de Bacherach*, Heine
75. *Bom Crioulo*, Adolfo Caminha
76. *Um gato indiscreto e outros contos*, Saki
77. *Viagem em volta do meu quarto*, Xavier de Maistre
78. *Hawthorne e seus musgos*, Melville
79. *A metamorfose*, Kafka
80. *Ode ao Vento Oeste e outros poemas*, Shelley
81. *Oração aos moços*, Rui Barbosa
82. *Feitiço de amor e outros contos*, Ludwig Tieck
83. *O corno de si próprio e outros contos*, Sade
84. *Investigação sobre o entendimento humano*, Hume
85. *Sobre os sonhos e outros diálogos*, Borges | Osvaldo Ferrari
86. *Sobre a filosofia e outros diálogos*, Borges | Osvaldo Ferrari
87. *Sobre a amizade e outros diálogos*, Borges | Osvaldo Ferrari
88. *A voz dos botequins e outros poemas*, Verlaine
89. *Gente de Hemsö*, Strindberg
90. *Senhorita Júlia e outras peças*, Strindberg
91. *Correspondência*, Goethe | Schiller
92. *Índice das coisas mais notáveis*, Vieira
93. *Tratado descritivo do Brasil em 1587*, Gabriel Soares de Sousa
94. *Poemas da cabana montanhesa*, Saigyō
95. *Autobiografia de uma pulga*, [Stanislas de Rhodes]
96. *A volta do parafuso*, Henry James
97. *Ode sobre a melancolia e outros poemas*, Keats
98. *Teatro de êxtase*, Pessoa

99. *Carmilla — A vampira de Karnstein*, Sheridan Le Fanu
100. *Pensamento político de Maquiavel*, Fichte
101. *Inferno*, Strindberg
102. *Contos clássicos de vampiro*, Byron, Stoker e outros
103. *O primeiro Hamlet*, Shakespeare
104. *Noites egípcias e outros contos*, Púchkin
105. *A carteira de meu tio*, Macedo
106. *O desertor*, Silva Alvarenga
107. *Jerusalém*, Blake
108. *As bacantes*, Eurípides
109. *Emília Galotti*, Lessing
110. *Contos húngaros*, Kosztolányi, Karinthy, Csáth e Krúdy
111. *A sombra de Innsmouth*, H.P. Lovecraft
112. *Viagem aos Estados Unidos*, Tocqueville
113. *Émile e Sophie ou os solitários*, Rousseau
114. *Manifesto comunista*, Marx e Engels
115. *A fábrica de robôs*, Karel Tchápek
116. *Sobre a filosofia e seu método — Parerga e paralipomena (v. II, t. I)*, Schopenhauer
117. *O novo Epicuro: as delícias do sexo*, Edward Sellon
118. *Revolução e liberdade: cartas de 1845 a 1875*, Bakunin
119. *Sobre a liberdade*, Mill
120. *A velha Izerguil e outros contos*, Górki
121. *Pequeno-burgueses*, Górki
122. *Um sussurro nas trevas*, H.P. Lovecraft
123. *Primeiro livro dos Amores*, Ovídio
124. *Educação e sociologia*, Durkheim
125. *Elixir do pajé — poemas de humor, sátira e escatologia*, Bernardo Guimarães
126. *A nostálgica e outros contos*, Papadiamántis
127. *Lisístrata*, Aristófanes
128. *A cruzada das crianças/ Vidas imaginárias*, Marcel Schwob
129. *O livro de Monelle*, Marcel Schwob
130. *A última folha e outros contos*, O. Henry
131. *Romanceiro cigano*, Lorca
132. *Sobre o riso e a loucura*, [Hipócrates]
133. *Hino a Afrodite e outros poemas*, Safo de Lesbos
134. *Anarquia pela educação*, Élisée Reclus
135. *Ernestine ou o nascimento do amor*, Stendhal
136. *A cor que caiu do espaço*, H.P. Lovecraft

Edição _ Bruno Costa
Coedição _ Iuri Pereira e Jorge Sallum
Projeto gráfico _ Júlio Dui
Capa _ Bruno Oliveira
Imagem de capa _ Detalhe do retrato de Stendhal por Johan Olaf Sodermark (1840)
Programação em LaTeX _ Marcelo Freitas
Revisão _ Iuri Pereira e Pedro A. Pinto
Assistência editorial _ Bruno Oliveira
Colofão _ Adverte-se aos curiosos que se imprimiu esta obra em nossas oficinas em 22 de junho de 2011, em papel off-set 90 g/m², composta em tipologia Minion Pro, em GNU/Linux (Gentoo, Sabayon e Ubuntu), com os softwares livres LaTeX, DeTeX, VIM, Evince, Pdftk, Aspell, SVN e TRAC.